La memoria

890

DELLO STESSO AUTORE

Il ragazzo che leggeva Maigret
La casa di ringhiera
Il segreto di Angela
Il caso Kakoiannis-Sforza
L'uomo con la valigia
Morte di un ex tappezziere
Commedia nera n. 1

nella collana «Il contesto»

L'errore di Platini
Il correttore di bozze
Il superstizioso
Prenditi cura di me
Piccola enciclopedia delle ossessioni

Francesco Recami

Gli scheletri nell'armadio

Sellerio editore
Palermo

2017 *Undicesima edizione*

Questo volume è stato stampato su carta Palatina prodotta dalle Cartiere di Fabriano con materie prime provenienti da gestione forestale sostenibile.

Recami, Francesco <1956>

Gli scheletri nell'armadio / Francesco Recami. - Palermo: Sellerio, 2012.
(La memoria ; 890)
EAN 978-88-389-2707-2
853.92 CDD–22

CIP – *Biblioteca centrale della Regione siciliana «Alberto Bombace»*

Gli scheletri nell'armadio

Fatti, persone, luoghi, date, nomi e circostanze presenti in questo libro sono di pura invenzione. Persino il sottinteso e il non detto non hanno alcun riferimento con la realtà.

Un modo di terminare non conclusivo s'addice ad un'opera che volutamente solleva un problema che l'autore considera insolubile.

PAUL RICOEUR, *Tempo e racconto*, vol. 2, *La configurazione del racconto di finzione*

Mercoledì 17 dicembre

Nel cuore della notte nella corte della casa di ringhiera, immersa in una nebbiolina giallognola, non si vedeva un'anima.

Poi, inaspettatamente, in un appartamento al primo piano, una porta si era aperta. E ne era uscito una specie di fantasma ondeggiante, in pigiama. Procedeva con passo instabile – era drogato? – e incerto si era ritrovato sul ballatoio. Sembrava poco sicuro, ogni tanto tornava indietro, cambiava intenzione, finalmente aveva preso la direzione delle scale, salito un piano e attraversando tutto il balcone nord si era incamminato verso l'appartamento numero 9.

La signorina Mattei-Ferri, piazzata alla finestra, aveva registrato tutto l'accaduto alla moviola, e aveva notato che quell'uomo, il signor Amedeo Consonni, si era fermato davanti alla porta dell'appartamentino 9, quello della signora Erika. Eh no, questa no, questa poi no, che quel libertino in mutande andasse a bussare da una signora che aveva trentacinque anni meno di lui, eh no, questo era proprio troppo. Sembrava che Consonni cercasse di aprirne la porta con la chiave. Come? Ne era in possesso? Quella donna gliela aveva messa a disposizione? Oh signur!

Consonni sembrava innervosito perché con quella chiave non riusciva ad aprire, forse, pensava la Mattei-Ferri, Erika si era chiusa dentro col paletto, rifiutando gli assalti di quell'erotomane mai sazio. Il quale dopo vari tentativi parve rinunciare, e si avviò verso l'appartamento 8, quello di sua proprietà.

Anche lì aveva lavorato con la chiave, ed era entrato. Oh santo Cielo! La Mattei-Ferri storceva il collo per avere una migliore visibilità. Allora non mi sbagliavo! Qui sono tutti d'accordo. Qui... La sua mente vorticava.

Di cose ne dovevano ancora succedere. Dopo circa un quarto d'ora la porta di Consonni si riaprì e quello se ne uscì di nuovo, sempre in pigiama. E riprese la strada verso l'appartamento dal quale era fuoriuscito in precedenza, quello della signora Angela Mattioli. Bussò alla porta. Nessuna reazione. Ribussò. Silenzio. Solo alla terza la ex professoressa Mattioli aprì la porta, indossando fra l'altro una fantasiosa camicia da notte sexy, del tutto inadatta a una donna della sua età. Dopo un breve conciliabolo sulla porta il Consonni fu riammesso all'interno. Che porco!

La signorina Mattei-Ferri non aveva perso un particolare, nonostante l'oscurità, la nebbia e il riverbero delle luci condominiali.

Dunque il suo appostamento non era stato inutile, questa volta c'era qualcosa di grosso, ma d'altronde che ci fosse qualcosa di grosso la signorina lo sospettava da un bel po' di tempo, a lei non gliela venivano a raccontare.

In quei giorni la signorina Mattei-Ferri – come le piaceva farsi chiamare, il doppio cognome in realtà erano solo i cognomi di suo padre (Mattei) e di sua madre (Ferri) – era in sofferenza.

Quando era tornata a casa dalla sua breve vacanza alle terme di Salsomaggiore, non solo non si era sentita per niente ristorata e curata, ma era stata travolta da una serie interminabile di notizie che riguardavano il suo condominio, la casa di ringhiera. Una straordinaria quantità di novità che normalmente non le sarebbe capitato di riscontrare e di registrare fedelmente nel corso di un intero semestre. E questo per una sola settimana di assenza. Possibile? C'era lo zampino di un destino maligno oppure, pensava lei, di qualche persona in carne ed ossa che aveva fatto in modo che le cose succedessero proprio quando lei era a Salsomaggiore?

Di solito erano gli altri a chiedere a lei notizie e informazioni su tutto ciò che avveniva nel microcosmo della casa di ringhiera, e invece questa volta era lei che si era trovata nella scomodissima posizione di dover chiedere: «Ma cos'è che è successo?».

«Ma come? Non sa niente?».

Bene, il signor Consonni, quello con la passione dei crimini, era finito sul giornale, era diventato famoso, erano venuti a intervistarlo quelli della televisione e della stampa, avevano chiesto dei pareri anche ad altri inquilini, inquilini qualsiasi, ma non a lei. Maledetta Salsomaggiore, non ci andrò mai più, inveiva la signorina, l'anno prossimo non mi fregano.

«Ma lei non sa niente?» le dicevano gli inquilini quando lei, facendo finta di niente, domandava per quale motivo il signor Consonni fosse finito sui giornali: «Sul giornale? E perché? Ha fatto qualcosa di grave?».

«Ma come, non sa niente?». E non si sbottonavano, con una certa perfidia, scuotevano la testa, come se sembrasse a loro impossibile che quella fosse all'oscuro di tutto.

Pertanto dormiva male, si svegliava nel buio e nel silenzio, beveva un bicchier d'acqua cercando illuminazioni notturne relativamente ai quesiti che la angosciavano: poteva non esserci un nesso fra il fatto che il piccolo Enrico non veniva più dal nonno Amedeo e il fatto che il signor Antonio fosse scomparso dalla mattina alla sera, lasciando il suo furgone nella piazzuola di De Angelis? E com'è che per la giovane e disinibita signora Erika la circostanza che suo marito Antonio fosse scomparso non sembrava rappresentare un dramma? E possibile che a fronte di queste coincidenze il ritorno del signor Claudio Giorgi, quello dell'appartamento 15, non significasse niente? E che cosa stavano macchinando Consonni e la professoressa Mattioli? Orge, giochi erotici, immaginismi pornografici?

E poi c'era anche la questione della figlia del Consonni, la Caterina.

Che avesse dato a suo padre un aut-aut: se continui

a incontrarti con quella lì, la Mattioli, l'Enrico non lo vedi più. Ma le conveniva? Anche la signorina Mattei-Ferri sapeva quanto costa una baby-sitter e aveva stimato che il lavoro del Consonni valesse circa 550 euro mensili. Doveva essere successo qualcosa di grosso – e quando succede qualcosa di grosso ci sono sempre i soldi di mezzo –, ma cosa?

Erano questi i pensieri che non la lasciavano dormire. Anche quella notte si era alzata, insonne, e per distrarsi si era piazzata davanti alla sua finestra di osservazione, come per meditare sugli oscuri destini che si intrecciavano nella casa di ringhiera.

C'erano cose che la signorina Mattei-Ferri, nonostante alcuni pensassero che la sua vista e il suo udito fossero in grado di attraversare i muri, non poteva sapere. Per esempio che l'incontro notturno fra Consonni e Angela, nell'appartamento di quest'ultima – ben arredato e dominato dalla presenza di un numero indeterminato di libri e di tazzine da caffè da collezione – aveva a che vedere con quello che era accaduto nei giorni precedenti in casa Consonni.

Subito dopo i numerosi fatti avvenuti nella casa di ringhiera fra il 9 dicembre e il 14 dicembre – che avevano fatto temere al Consonni di non esser più in controllo della sua mente e della sua salute – Amedeo e Angela si erano promessi l'un l'altra di dirsi tutto. Lui avrebbe raccontato le sue vicissitudini, si trattasse di fatti veri o di allucinazioni. Lei, d'altra parte, avrebbe reso noto il suo segreto.

Era da molto tempo che Angela provava un'urgenza personale di farlo, assai superiore alla curiosità per quello che avrebbe avuto da raccontarle Amedeo.

E che mai avrebbe avuto da mettere sul piatto? Consonni le avrebbe raccontato che la sua insana passione per il collezionismo di crimini – cioè la sua mania di raccogliere ritagli di giornale che parlavano di orribili fatti di cronaca nera – aveva superato il segno. Che non facesse niente di male lo sapevano tutti, no? Ma magari era andato un po' in crisi, a forza di occuparsi di morti ammazzati. Avrà avuto qualche scrupolo di coscienza, dopo il caso della Sfinge di Lentate. Ma lei, lei erano anni che teneva dentro di sé questo grande segreto, e l'unica persona cui poteva comunicare la sua storia era Amedeo. E lui avrebbe pur capito che questa era una grande, *enorme*, dimostrazione di fiducia.

Ma l'avrebbe capito o no? Una piccolissima porzione di dubbio aveva attraversato la mente di Angela, prima che si decidesse a cominciare. D'altronde che si trattasse di un *enorme* attestato di fiducia l'Amedeo l'avrebbe potuto capire solo alla fine, e allora, come fare? Come entrare nell'argomento?

Eppure andava fatto, la cosa andava fatta, Angela aveva dentro di sé questo groppo, questo peso, e pensava che ormai la sua relazione con Consonni fosse arrivata ad uno stadio tale da non poter più tener celata la verità.

Anche Consonni, pur non essendo un campione di perspicacia, avvertiva da tempo che Angela voleva confidarsi, aprirsi definitivamente con lui.

Insomma, quando Angela lo aveva convocato nel suo appartamento, alle venti e trenta, dopo cena, perché voleva «cominciare» l'esposizione, Amedeo era un po' in agitazione.

D'altronde c'era stato un patto fra di loro, tu racconti a me quello che è successo a te, e io faccio lo stesso. Noi, che sappiamo cosa era avvenuto ad Amedeo Consonni in quei non lontani giorni di dicembre, ma non sappiamo ancora quello che aveva da mettere in campo Angela, siamo in attesa quanto Consonni, certamente con minori implicazioni personali.

Era stata bravissima a non parlargliene in nessun modo. Amedeo stentava ad immaginarsi quale fosse la vicenda che aveva portato Angela alla separazione dal marito, o ad abbandonare improvvisamente la sua amata professione, quella di insegnante di italiano, anzi di «Lettere».

Angela, col suo invito formale, aveva pensato di conferire un che di ufficialità all'evento. Non è facile raccontare per la prima volta una lunga storia, piena di fatti, passioni e tormenti, pur se si tratta della persona di cui ti fidi di più al mondo. Anche Amedeo lo capiva, e si presentò all'incontro alle otto e venti, esitante, con un vassoietto di pasticcini, per un totale di sei. Non importa se si erano visti poche ore prima e avevano pranzato insieme.

Lei camminava nervosamente percorrendo il salotto del suo appartamento in lungo e in largo. Passava davanti alla vetrinetta con la sua collezione di servizi da caffè di porcellana, il suo orgoglio, e nonostante si fosse preparata scrupolosamente, non sapeva da dove cominciare. Il rito dei pasticcini impegnò almeno una mezz'oretta, poi Angela respirò forte e iniziò il suo racconto.

«Vedi Amedeo, te la faccio breve, ma ero in un periodo *veramente* terribile, *veramente* terribile, e me lo ricordo benissimo. Amedeo, ero veramente, *veramente* esasperata. Sarebbe troppo lungo spiegarti perché, ma se te la raccontassi tutta... Ma quella sera, una sera in particolare, di quella ti voglio raccontare... Erano le una e mezza di notte ed ero a pezzi. Avevo appena finito di correggere i compiti della quarta, un ammasso di schifezze. Avevo dovuto finire di correggerli dopo mezzanotte, quando io e mio marito, sì, Gianni, eravamo tornati dalla cena dai Mencatti, che erano amici più suoi che miei...».

Angela cominciò a parlare con buon ritmo di quel momento della sua vita, entrando nei dettagli dei suoi rapporti col marito (stronzo), con le colleghe (stronze), con gli studenti (stronzi), con la suocera (stronza), con la madre (lasciamo perdere), con il fratello (stronzo), con la figlia (adolescente in età critica), con chiunque, non ne andava bene una. Questo attacco Consonni non se lo aspettava. A quanto pareva le giornate di Angela a quell'epoca erano un inferno.

Amedeo seguiva con attenzione il racconto, ma Angela non si può dire che avesse il dono della sintesi e inoltre erano già le 21 e 25. Era evidente che Angela avesse molto da raccontare, ma a quanto sembrava non era neanche alla prima parte del prologo, Consonni stentava a reprimere le prime ondate di sonnolenza che cominciavano ad arrivare, imperiose. Ma non voleva assolutamente che lei se ne accorgesse, si sarebbe offesa a morte. Come la si poteva risolvere? Perché Angela si era decisa a cominciare a quell'ora di notte?

«... Uscita da scuola ero dovuta correre a casa di mia madre perché a quanto mi avevano detto aveva fatto una piazzata alla donna di servizio offendendola aspramente... allora a chi era toccato andare dalla mamma a cercare di mettere una pezza alla situazione? Non certo a quello stronzo di mio fratello, l'uomo impegnato, quello che non c'era mai, era sempre via, però quando si trattava di rompere i coglioni, di richiamare qualcuno a un comportamento corretto, ecco, per fare questo era sempre presente, e ovviamente aveva trovato il modo di telefonare per farmi sapere che mi doveva parlare, per dirmi... che cavolo, mi ha beccato non a caso quando ero dalla mamma e stavo cercando di convincerla che la signora non era affatto una ladra, ecco mio fratello mi ha fatto una ramanzina dicendomi che non dovevo sempre stare dalla parte della servitù. "Dalla parte della servitù"? Ma sei scemo, gli avevo detto io, e non l'avessi mai fatto, perché lui mi attaccò dicendo che ero isterica, che ero stanca, e che se avevo dei problemi dovevo farmi vedere da qualcuno...».

Questa era solo una piccola parte della premessa delle lamentazioni della ex professoressa. Consonni provava una totale empatia per la posizione di Angela, onestamente, ma gli occhi gli si chiudevano. Cercò di dissimulare questa situazione, stimolando Angela ad arrivare al punto, qualsiasi esso fosse: «E allora?».

Angela colse la palla al balzo e rincarò la dose sull'atteggiamento irridente del marito, quello giudicante della suocera, quello infido delle colleghe, ecc.

Erano quasi le dieci e mezza e Consonni non sapeva come dirlo... Angela aveva preso slancio.

«... in quarta B avevo un allievo che si chiamava Reperti e che in assoluto se fosse dipeso da me avrei bocciato a priori. Un classico figlio di papà, di quelle famiglie che contano e che se ne fregano di qualsiasi cosa possa dire l'insegnante, gente di merda, normale, ma quel giorno... lo sai cosa ebbe il coraggio di dirmi, l'alunno Reperti? Mi disse: "Lei non si preoccupi, delle mie assenze, passate, presenti e future". Ti rendi conto, eh? Amedeo, non ti pare che...».

Angela si rese conto che in quel momento Amedeo stava russando. Russava bellamente. Che stronzo, anche lui! E lei che ci metteva tutta se stessa a raccontargli quei fatti intimi. Che animale!

Se avesse potuto in quel momento si sarebbe aggrappata a una tenda.

Alle undici e mezza lo aveva svegliato e lo aveva buttato fuori di casa, nonostante lui fosse già in pigiama, dato che era previsto che si trattenesse a dormire da lei. E questa era la scena cui aveva assistito la signorina Mattei-Ferri. Un'altra era quella che si era svolta una mezz'oretta dopo, quando la ex professoressa aveva riaccolto il Consonni, a mezzanotte inoltrata. Lui voleva solo scusarsi, ma nessuno sarebbe stato capace di togliere dalla testa della Mattei-Ferri l'idea che gli uomini hanno in mente una cosa sola.

Giovedì 18 dicembre

La mattina dopo intorno alle otto e trentacinque Caterina aveva accompagnato suo figlio Enrico alla scuola materna metodo Montessori e dopo varie incertezze e ripensamenti si era decisa ad andare a parlare con suo padre Amedeo. La settimana appena trascorsa non era stata facile per lei, perché dal momento in cui aveva stabilito di non ricorrere più all'aiuto di Amedeo per l'Enrico la sua giornata era diventata caotica e congestionata. Per l'appunto aveva scelto quella scuola materna perché era vicina alla casa di ringhiera dove abitava il nonno – e dove, chi sa, magari un giorno si sarebbe trasferita – in modo che l'Amedeo non avesse difficoltà ad andarlo a prendere, dargli da mangiare quando serviva e badarlo per tutto il pomeriggio, fino al momento in cui lei, intorno alle otto di sera o anche dopo, lo andava a riprendere, dopo un'estenuante giornata di lavoro in giro per Milano.

Caterina lavorava per una agenzia immobiliare, anche per quello conosceva molto bene il valore dell'appartamento di ringhiera dell'Amedeo.

Ora che dal nonno non ce lo mandava più, per il fatto dei disegni sanguinari che Enrico aveva fatto a scuola, ispirati evidentemente dalla passione malsana del nonno – il cretino che collezionava crimini – e di tutte le altre faccende sull'uomo che voleva chiudere il bambino nella valigia, frutto evidente dei film horror che il Consonni faceva vedere al bambino, era lei che doveva andare a riprendere Enrico a scuola, in quei tre o quattro giorni la settimana che in precedenza copriva l'Amedeo.

Caterina aveva provato a organizzarsi con una baby-sitter, però era costoso e niente affatto semplice. Tale baby-sitter avrebbe dovuto tenere Enrico per circa 6 ore il martedì e il venerdì, e per 3 ore e mezza il giovedì. Il totale faceva 15,5 ore settimanali che ai prezzi correnti (circa 8-9 euro all'ora) faceva qualcosa come 130-140 euro a settimana. Ma a questa cifra andavano aggiunti i biglietti dell'autobus (la baby-sitter non disponeva di auto propria e in ogni caso con la macchina sarebbe stato impossibile...). Quindi altri tre biglietti al giorno (due per la sitter, uno andata e uno ritorno, e uno per Enrico), per un totale di altri 13,5 euro a settimana. Insomma fra tutto si arrivava intorno ai 600 euro al mese, cifra di cui Caterina assolutamente non disponeva e che però si avvicinava alla stima approssimativa prodotta nel suo intimo dalla Mattei-Ferri.

Così in quei giorni si era un po' arrabattata, andava lei a prendere Enrico, lo portava a casa, arrivava la baby-sitter che restava con lui, Caterina tornava in ufficio o correva trafelata ad appuntamenti coi clienti dall'altra parte della metropoli, passava tutto il tempo in macchina, arrivava sempre in ritardo, non concludeva niente e la baby-sitter se lei tornava dopo le otto le caricava giustamente un'altra ora di lavoro. Un inferno...

Dopo una settimana di questo ménage Caterina era distrutta, Enrico scorbutico e per niente contento, occorreva ristabilire una comunicazione col nonno Amedeo.

Fra l'altro lo «scandalo» dei disegni di Enrico era stato fortemente ridimensionato. Alcuni esperti avevano recisamente negato che quegli scarabocchi rappresentassero un atto di evirazione. Le macchie rosse non erano sangue, un'ipotetica ascia poteva anche essere una gru.

Dunque Caterina si era decisa. Non che volesse chiedere scusa a suo padre, o cose del genere, ma gli avrebbe parlato francamente, gli avrebbe detto che lei non ce la faceva, forse tutto poteva tornare come prima. E doveva tornarlo presto. Possibilmente a partire da quel pomeriggio stesso.

C'era inoltre l'inesorabile approssimarsi del Natale. Volevano passare le feste in quel clima da guerra fredda? Eh, no, non era possibile. Che ne avrebbe pensato il bambino? Perché sottoporlo a questa prova di forza?

Insomma Caterina voleva fare la pace, per cui, armata delle migliori intenzioni e con una mezz'oretta di tempo a disposizione, entrò nella corte della casa di ringhiera e suonò il campanello del padre.

Non rispose nessuno. Ma come era possibile, dove era andato alle otto e trentacinque di mattina? Scampanellò ancora più forte. Data la situazione non volle utilizzare le chiavi dell'appartamento di cui era in possesso.

Vide che la signorina Mattei-Ferri era già piazzata nel suo posto di osservazione, avrebbe potuto chiedere a lei. Lo fece.

«Buongiorno signorina, come sta?».

«Non bene, come vuole che stia?» le rispose quella, aprendo un piccolo spiraglio nella finestra.

«Eh, con questo umido...».

Caterina venne al punto: «Non è che ha visto mio padre? Sa mica se è uscito? Sa dove sia andato?».

La signorina Mattei nel suo intimo gioì malignamente di soddisfazione, certo che lo sapeva dov'era l'Amedeo...

«No, stamani non l'ho visto, proprio non saprei... e poi... sa... non è che io passo tutto il mio tempo a farmi i fatti degli altri...».

«Eh...».

«Però se lo domanda alla signora Angela, vedrà che glielo sa dire...».

«Ah...».

Questa era una pratica alla quale Caterina si sarebbe sottratta volentieri. Detestava quella donna che cercava in tutti i modi di blandire suo padre, per attentare ai suoi soldi e al suo delizioso appartamento. Lo voleva evidentemente incastrare, e prima o poi ci sarebbe riuscita.

Comunque alla fine si risolse a bussare alla ex professoressa, magari sapeva qualcosa, quella gatta morta.

La porta si aprì dopo qualche minuto: era suo padre, in pigiama, ancora assonnato, evidentemente appena sveglio.

Caterina trasalì. «E tu che ci fai qui? Ma non ti vergogni?».

«Eh? Ma... e di che?».

«Non ti vergogni di passare la notte da una donna, alla tua età...».

«Prima di tutto non affrettare le conclusioni... è che ieri sera mi sono assopito qui mentre Angela... ma – si stava risvegliando – anche se fosse?».

«Ah, è così?».

«Così come, io sono vedovo, e da parecchi anni...».

«E non pensi alla mamma?».

«Certo che ci penso, ci penso sempre. Ma la mamma, Dio l'abbia in gloria, è morta, e io no, almeno per il momento».

«Ah... se la pensi così... non credevo tu fossi capace di una cosa del genere...».

Consonni si irritò, e visto che quella continuava, fra l'altro utilizzando toni molto offensivi nei confronti di Angela, rispose per le rime, lì, sulla porta, incurante della temperatura invernale.

«Senti, io non sono mai entrato nell'argomento... ma me la cavi proprio di bocca. Con che coraggio mi vieni a parlare così, dopo quello che hai fatto tu? Con la piccola differenza che tuo marito era ed è vivo e vegeto, e per quanto mi riguarda è anche una brava persona. Allora ognuno fa quello che si sente e che ritiene giusto, io non do giudizi, ti ho anche aiutato a sistemare le cose, per quanto ho potuto, però nessuno va a rompere le balle agli altri su quello che è giusto o sbagliato fare, soprattutto, e dico soprattutto, se uno non fa niente di male e non c'è nessuno che soffre per la situazione. E poi ti invito a mantenere un comportamento educato. Una volta te lo avevo insegnato. E non ti devi permettere di offendere una persona che è la migliore del mondo, e che comunque non conosci. Insomma, qui te lo dico con la massima chiarezza possibile, non devi rompermi le balle!».

La discussione si stava svolgendo davanti alla porta, sulla balconata della ringhiera. A parte il fatto che la signorina Mattei-Ferri non si perse una parola, anche Angela, che in quel momento stava rientrando dopo essere andata a comprare il giornale e le brioches, poté ascoltarne la parte finale, mentre saliva le scale.

Amedeo era proprio fuori di sé, non l'aveva mai visto in quel modo, però ne fu anche un po' orgogliosa, la stava difendendo a spada tratta, e con sua figlia, per giunta. Si ritrasse in un angolo per non incrociare Caterina che scendeva le scale imbelvita, e quando rivide Consonni gli aveva già perdonato quello che era successo la sera precedente, quando lui si era addormentato profondamente, mentre lei gli raccontava la sua storia.

Per Caterina lo smacco era completo. E inoltre, come l'avrebbe messa con l'Enrico?

Fortunatamente poche decine di minuti dopo il Consonni la avrebbe chiamata al telefono, scusandosi per il suo tono e le parole che aveva usato (solo per quelli) e si sarebbe mostrato molto comprensivo, sapeva che la vita di Caterina non era facile, che era sotto stress, che in questa città la vita non è mica semplice, ecc. ecc. Morale, il Consonni si sarebbe impegnato e avrebbe ricominciato anche subito a fare il baby-sitter al nipotino, anche se, andava detto, non è che in questo periodo si sentisse molto bene. Il primo ad esserne contento naturalmente era lui, ma anche l'Enrico ne sarebbe stato entusiasta.

«Bene» aveva detto Caterina «allora te lo porto alle quattro?».

Nonostante quella mattina facesse un bel freddo pungente il signor De Angelis si dispose di buon'ora a fare la toeletta alla sua Opel Vectra 1600 rossa metallizzata. Purtroppo la macchina, nonostante le cure che il proprietario le offriva, denunciava la sua età, più di venti anni. Si notava una certa differenza fra il metallizzato del cofano anteriore, che si era leggermente opacizzato, e il resto della carrozzeria, che invece sembrava essersi scurito, forse per una reazione di ossidazione o qualche altra diavoleria. Il cofano invece doveva questo viraggio di colore sicuramente all'esposizione al sole. De Angelis su questo non ci poteva fare niente, di un garage al coperto non disponeva, e sapeva quali sono le conseguenze di una continua esposizione dell'auto agli agenti atmosferici. Una volta, soprattutto nel caso di veicoli FIAT e Alfa Romeo, si tendeva ad attribuire il mutamento non uniforme delle parti della carrozzeria agli scioperi: lo sapevano tutti, se il lavoro nel reparto verniciatura veniva interrotto a metà, mettiamo durante la verniciatura delle portiere, era chiaro che la lavorazione non sarebbe stata omogenea e l'auto, una volta esposta al sole, avrebbe preso tanti colori diversi quante erano state le interruzioni. Che fosse successa la stessa cosa alla Opel in quel lontano 1990, proprio l'anno in cui il De Angelis era andato in pensione? Oppure per il cofano e altre parti della carrozzeria erano state usate partite diverse di vernice? De Angelis si poneva queste domande grattandosi la testa e facendo l'ennesima rassegna di tutte le magagne piccole e grandi della carrozzeria della sua Opel. Mentre stendeva il prodotto lucidante tornava indietro negli anni, e si rammaricava. In effetti all'acquisto di un telone copriauto che dovrebbe proteggere dalle intemperie, sole, grandine, polvere eccetera, ci aveva pensato a lungo ma aveva sempre rimandato. E poi il telone copriauto non risolve tutti i problemi perché a forza di toglierlo e metterlo striscia sulla carrozzeria trascinandosi dietro polvere e impurità e la carrozzeria finisce per graffiarla. Inoltre dicono che col telone la macchina se è umido «suda» e la condensa che si raccoglie fra carrozzeria e telone al mattino si congela, e questo per la verniciatura è deleterio.

Aveva quasi finito con le sue operazioni e le sue riflessioni che si sentì apostrofare da dietro, una voce giovane che gli pareva di riconoscere: «E alora, zio, non ti sei stufato di lucidare quel carrozzone?».

Purtroppo era come temeva, era Daniel, suo nipote, per meglio dire il nipote di sua sorella, insomma, sua sorella Ernestina era la sua nonna, e quando quello lì lo veniva a cercare voleva dire che erano rogne. Quel ragazzo si faceva vivo solo per chiedere un favore, soldi in prestito, un qualche attrezzo meccanico, o addirittura l'appartamento per qualche ora.

«E alora zio, com'è che ti va?».

De Angelis rispose a monosillabi, facendo finta di essere ancora molto indaffarato.

Il ragazzo (28 anni) la tirava in lungo con i salamelecchi e allora fu De Angelis a tagliare corto: «Beh, cos'è che vuoi, cosa ti serve?».

«Ma zio, ma cosa vai a pensare, è che mi trovavo a passare di qui, e volevo farti vedere una cosa, una cosa che ti piacerà molto».

«L'unica cosa che mi piacerebbe molto sarebbe che tu te ne andassi senza chiedermi piaceri. L'altra volta poco ci è mancato che...».

«Ma va là, zio, molla lì il camoscio e vieni a vedere cosa ho qua fuori...».

De Angelis ripose in una cassettina la sua attrezzatura e scuotendo la testa seguì il nipote fuori dalla corte della casa di ringhiera, per strada.

«E alora, non vedi niente?».

«No, non vedo niente, vedo solo che c'è un gran traffico...».

«Ma guarda un po' là».

C'era una macchina in seconda fila, una macchina argentata. De Angelis si avvicinò. Era strabiliato.

«E questa cosa sarebbe?» chiese, pur sapendolo benissimo.

«Questo, caro mio, è un BMW Z3 3.2 24 valvole coupé, una bestia che passa i duecentoottanta...».

De Angelis osservava quella meraviglia d'argento scintillante, perfetta, con i sedili semicorsa di pelle bianca e rossa. Buttò l'occhio sul cruscotto e se ne innamorò. Era senza parole, ma riuscì a dire: «Una BMW, si dice una BMW...».

La osservò nell'anteriore e nel posteriore, una roadster meravigliosa.

«E questa qui di chi è, dov'è che l'hai presa? L'avrai mica rubata?».

«No zio, questa è come se fosse mia, ho la delega a venderla, ne posso fare quello che mi pare».

Daniel mostrò a Luis un foglietto scritto a mano, glielo sventolò davanti agli occhi, figuriamoci se il Luis fu in grado di leggerlo.

Insomma quel gioiello era nelle mani di quell'idiota. Continuava a rimirarla, incantato.

«Beh, vedi zio, se avessi i soldi me la terrei per me, una macchina come questa, ma me ne devo liberare, la devo vendere».

«E perché? Cosa c'è sotto?».

«No no, nulla di particolare, è che mi sono andate male due o tre cosette e allora devo rientrare...».

«E allora vendila, era chiaro che pensavi di fare il passo più lungo della gamba, una macchina così a mantenersi... chissà cosa costa...».

«Hai centrato in pieno... comunque... non era di questo che ti volevo parlare... il problema è che io adesso che la devo vendere questa macchina non la posso mica tenere per strada, se me la graffiano? Se me la vandalizzano? Insomma, sai che gente circola, soprattutto nel mio quartiere».

«E allora cosa l'hai presa a fare, visto che non hai i soldi per comprarla e mantenerla e non hai un garage dove metterla...».

«Ecco, hai centrato in pieno, io... ti volevo chiedere se il BMW mentre che è in vendita lo potevo lasciare da te, nella tua piazzola riservata: lì è al sicuro, e la notte è al chiuso, così potrei mandare la gente interessata da te che glielo fai vedere. Non ti pare una buona idea? Non mi faresti da agente? Ti posso dare una percentuale sai, per il disturbo, ti pago il rimessaggio. Io conto di fare un buon affare».

De Angelis era così abbacinato dalla BMW Z3 3.2 che neanche si prese la briga di rispondergli malamente, tanto che il nipote lo intese come un possibile sì.

«Poi, una macchina così, secondo me va via in due giorni, anzi uno, visto che ho già messo l'annuncio su Internet, col tuo numero di telefono... la macchina è del 2005, per una macchina simile cinque anni non sono niente, la richiesta è 28.000 euro trattabili (fino a 25.000). Con questo prezzo non faremo in tempo a posteggiarla dentro che è già venduta. Secondo me hanno già chiamato. Dai che andiamo a vedere. Sposta la Opel, mettila qua, che io porto il BMW dentro».

«Cosa, come? Ma tu sei pazzo, ma come vuoi che io...».

«Dai zio, monta, ti faccio fare un giretto, poi la portiamo dentro». Il nipote di De Angelis sapeva che lo zio aveva una passione per le automobili, in effetti quello era come ipnotizzato, e quando sentì il rombo del 6 cilindri gli scappò addirittura un sorrisetto.

«Eh beh, queste macchine hanno una motoristica...». Il rumore era una via di mezzo fra un ruggito e un sibilo, e bastò un giro dell'isolato perché De Angelis acconsentisse.

«Ti do una settimana, te la tengo una settimana, sempre che sia tutto in regola. Se fra una settimana nessuno se l'è presa la metto fuori».

«Ma che dici zio... fra una settimana... fra un giorno non c'è più, e tu che ci rimetti, no?».

Quella BMW era una macchina per gente in forma, ci voleva un po' di fatica per salirci, cioè per scenderci dentro, e soprattutto per uscirne, e ritornare in posizione eretta.

De Angelis rimosse la Opel dalla piazzola e la posteggiò in strada. Gli ci volle parecchio tempo a trovare un parcheggio adeguato, la sua Opel voleva trattarla bene, gli sembrava di tradirla con un'altra. Ma quando vide la 3.2 nella sua piazzola provò un senso di orgoglio e di smarrimento insieme: quando se la porteranno via?

Naturalmente anche la signorina Mattei-Ferri assistette all'ingresso della BMW nella corte della casa di ringhiera e la presenza della possente automobile sportiva nella piazzola del De Angelis la obbligò a trarre le sue conclusioni.

Erano passate da poco le dieci e mezza che al momento del suo ritorno a casa il signor Claudio Giorgi osservò abbastanza distrattamente la BMW nella piazzola del De Angelis, e il De Angelis stesso che si rimirava quella macchina sportiva da tutti i lati. Claudio però tornò velocemente ai suoi pensieri, che erano molti e di varia natura, e aprì la porta di casa.

Erano trascorsi sette giorni da quando la famiglia lo aveva abbandonato, a causa dei suoi irrisolvibili problemi di alcol. Il signor Claudio si era ritrovato solo in casa, assoluto padrone del suo tempo, dato che per il momento non era ancora tornato al lavoro.

Era stato molto male in quei sette giorni, e ne aveva passate tante.

La crisi familiare era stata violenta e definitiva, e sua moglie gli aveva giurato che con lui non voleva più avere niente a che vedere, mai! Lei sosteneva di averne subite di tutti i colori, tutte le cose possibili, le umiliazioni, le violenze minacciate, la merda nel corridoio, il vomito nel talamo nuziale, e mille altre. Le aveva sempre sopportate, si era rovinata l'esistenza per mettere toppe da tutte le parti, ma tirare in ballo i figli, accusarli, loro insieme a lei, di una cosa così atroce, no, questo era insopportabile. Dei deliri del marito, violenti e perfidi, non ne voleva più sapere e fra loro era tutto finito. Che si ammazzasse per conto suo, che bevesse fino a scoppiare, non erano più affari suoi, lui era un mostro, lei aveva finito di proteggerlo, di mantenerlo (fra l'altro), di sopportarlo.

Così Donatella aveva preso i bambini, un po' di cose, e se ne era andata da suo fratello.

A partire da quella sera stessa Claudio aveva ingurgitato una quantità di alcol inverosimile, tanto che adesso di quelle ore Claudio non si ricordava niente. Però, indipendentemente dal suo vuoto di memoria, ne aveva fatte di tutte, aveva maturato piani di vendetta, era furioso, fra l'altro aveva escogitato la faccenda della bottiglia di Talisker, che vedremo in seguito.

Poi aveva passato ventiquattro ore a letto, dopodiché, col passare del tempo, aveva capito che era tutto cambiato.

Per esempio si rese conto che il trovarsi solo in casa non lo portava alla disperazione. In fondo faceva quello che gli pareva, senza il patema che la moglie lo tenesse sotto osservazione o che i figli gli rompessero le balle. Per paradosso a stare solo finiva per avere meno motivazioni a bere così tanto. Non aveva più bisogno di ingozzarsi in fretta nei bar per paura di non poter bere altro nelle successive due ore.

Non che non bevesse più, o che bevesse una quantità limitata di alcol. A parte il fatto che un alcolista è tale per sempre, secondo la definizione canonica, anche se non beve, e quindi non c'è una soglia di potus sotto la quale un alcolista diventa un ex alcolista, c'è da dire che per lo meno provava in misura minore quel rabbioso desiderio di bere, per andare in culo a «quelli là».

Per paradosso le ultime giornate erano state assai più regolari di prima: la mattina usciva di casa, faceva qualche spesetta, perdeva tempo in giro, poi verso mezzogiorno cominciava a prepararsi il pranzo. Solo allora si concedeva un bicchiere. Poi mangiava, bevendone altri, e il pomeriggio si faceva un riposino. Quando si svegliava, verso le quattro, leggeva un po' il giornale, magari usciva a fare quattro passi, se non era brutto tempo, poi tornava a casa, guardava la TV, si preparava la cena, beveva ancora, anche dopo cena, ma verso le undici gli riprendeva sonno, e si coricava, aveva da recuperare, in fondo.

Se si confronta questa giornata con quelle del periodo precedente, era come se fosse in clinica.

Certamente di cose a cui pensare ne aveva un bel po'. I figli, cui voleva tanto bene e che non vedeva da quella famosa sera, la moglie, che senza mezzi termini aveva cercato di eliminarlo fisicamente, con l'aiuto dei figli, il lavoro, i soldi, non è che la sua vita fosse un sogno. Però ora aveva modo di riflettere con calma, e questo lo faceva preferibilmente nelle sue passeggiate mattutine, durante le quali era lucido e neanche troppo depresso.

Una sera aveva addirittura provato a fare qualche piegamento sulle ginocchia davanti allo specchio, poi aveva rassettato la cucina e lavato i piatti. Aveva anche ricominciato a dedicare un po' di tempo alla toeletta. Si applicò sulle sue unghie, sia quelle delle mani che quelle dei piedi, che facevano schifo. Si dice che si capisce se uno è alcolizzato dallo stato dei suoi piedi. Claudio li sottopose a svariati pediluvi in acqua calda, grazie ai quali riuscì a lavorare su quelle unghie, che non avevano ricevuto attenzioni da tempo, Donatella si era sempre rifiutata di avere a che fare con queste cose.

Prima di andare a letto aveva provato a scrivere su un foglietto il programma della giornata successiva. Cambiare le lenzuola, fare la lavatrice, telefonare in ditta... ecc. Intorno alle undici e mezza andava in bagno, e si lavava addirittura i denti.

Quella mattina si era alzato presto e aveva raccolto una cinquantina di bottiglie vuote e le aveva buttate nella campana del vetro. Poi aveva dedicato del tempo al suo guardaroba, che era ridotto ai minimi termini.

Alle nove era andato all'Oviesse a comprare due camicie, un golf con lo scollo a V, alcune mutande, un paio di pantaloni blu.

Rientrando a casa controllò i suoi acquisti. Dette un'occhiata alla finestra, e vide che De Angelis era ancora nella corte, nei pressi di quella bella macchina.

Provò il forte desiderio di farsi un bicchiere, ma disse a se stesso, aspettiamo l'ora di pranzo. È meglio che riesca a fare due passi. Si mise il giubbotto e uscì di nuovo, e sul portone d'ingresso incontrò la signora Erika.

Erika era molto indaffarata, stava cercando di portare un paio di grossi borsoni ai bidoni della spazzatura. Strascinava a fatica le due borse per terra e Claudio si offrì di aiutarla. I due si conoscevano appena. Erika sapeva del signor Claudio che era un alcolizzato, Claudio sapeva della signora Erika che era una che il marito la picchiava. Ora però, curiosamente, entrambi si ritrovavano a essere dei single, Claudio per motivi noti, almeno a lui, Erika per motivi ignoti, a tutti.

Si capiva benissimo che Erika stava cercando di liberarsi della roba di Antonio, suo marito. Claudio si sobbarcò una delle due borse, ed Erika gli disse che era molto gentile.

Poi si salutarono, senza troppe cerimonie, Erika era tutta affannata, ma cercò di recuperare un filo, proprio un filo, di civetteria, rassettandosi i capelli.

Erika non era una persona che si piangeva addosso, né una che si lamentasse mai del suo amaro destino, però qualche domanda sul perché suo marito fosse scomparso improvvisamente, e non si fosse fatto più vivo, se la doveva pur essere fatta.

Non si trattava certamente del primo caso in cui avveniva una cosa del genere: fino al giorno prima il marito si comporta normalmente, almeno secondo le sue abitudini, qualsiasi esse siano, poi svanisce nel nulla, senza neanche dire che va a comprare le sigarette.

Erika aveva cercato di ricostruire i fatti precedenti alla sparizione di Antonio, ma non c'erano indizi in una direzione o nell'altra.

Su quello che era successo il giorno della scomparsa, beh, Erika aveva le idee confuse, aveva come un vuoto di memoria, ma siccome questo vuoto era vuoto non le pareva che mancasse qualche cosa all'appello.

Suggestionata un po' da certe trasmissioni televisive Erika aveva anche pensato di sollevare il caso di questa persona scomparsa, ma poi lo aveva escluso. Conoscendo Antonio sapeva che quello era una testa matta, e che a un certo punto se ne era andato, senza neanche prendersi dietro una borsa con qualche felpa e qualche jeans. Aveva lasciato tutto a casa. In cantiere non ne sapevano niente, i genitori di Antonio nemmeno, e non lo volevano neanche sapere.

Erika aveva dedicato a questi pensieri non più di tre o quattro giorni. Poi si era rassegnata, non aveva sporto alcuna denuncia ai Carabinieri, pensò che se Antonio era nei guai lei non poteva farci niente, e che se se ne era andato per i fatti suoi, senza guai, era un po' stronzo, ma niente di più.

Nel portafoglio si era ritrovata 80 euro, e nascosta in bagno la sua riserva personale che ammontava a 465 euro, che aveva messo da parte nel corso del tempo, dieci euro alla volta. Non era granché ma pur sempre qualcosa, l'importante a questo punto era darsi da fare.

La prima cosa che le era venuta in mente fu di cercare qualche lavoretto nei paraggi, pulizie o roba del genere, e per questo si era rivolta alla signorina Mattei-Ferri, che gliela aveva fatta cadere un po' dall'alto, dicendole che le avrebbe fatto sapere.

Ma quella mattina si era decisa a disfarsi della roba di Antonio, mettendola vicino ai bidoni.

Dimenticavo, la signorina Mattei-Ferri aveva osservato attentamente l'episodio appena avvenuto, che il signor Claudio avesse aiutato la signora Erika a liberarsi di due grosse borse, e si trovò confermata nelle sue concezioni sul genere maschile.

Intorno alle 11 e trenta un timido solicello tentò di diradare un po' quella nebbia umida che gravava sul quartiere, e fece la sua comparsa sulla finestra dell'accogliente appartamento di Consonni.

Quest'ultimo, con l'idea di dare un'occhiata alle condizioni meteorologiche, si era affacciato fuori dalla finestra, e aveva intravisto la BMW Z3.

Angela era con lui, e stava pazientemente cercando di ricominciare a raccontare la sua storia. Si erano preparati un bel caffè.

Questa volta Consonni cercava di essere il più lucido, attento e recettivo possibile, anche se la scenata che gli aveva fatto Caterina poco prima gli lasciava degli argomenti su cui pensare e distrarsi.

Angela era tornata sull'argomento del suo alunno Reperti, quello ricco, antipatico e strafottente, e aveva cominciato a raccontare di un colloquio che aveva avuto con i suoi genitori. Un colloquio che era stato per lei veramente sorprendente perché... non fece in tempo a pronunciare la parola sorprendente che ci fu un nuovo elemento di disturbo, avevano bussato alla porta. Angela si irritò, questa volta credeva di aver attirato l'attenzione di Consonni, che peraltro invece pensava ad Enrico, che il pomeriggio sarebbe tornato.

Sbuffando andò ad aprire proprio Angela, che era nei pressi della porta. Si ritrovò di fronte un tipo anziano e frusto, con un impermeabile stazzonato e un aspetto dimesso.

«Vorrei parlare col signor Consonni Amedeo, per favore...».

«Sì, ma... di che si tratta, il signor Consonni in questo momento... aveva un appuntamento?».

Questa frase senza senso, che fece rabbrividire l'Amedeo che era lì a pochi metri, sulla poltrona, ebbe l'effetto di irretire il visitatore.

«Ma perché, bisognava prendere l'appuntamento?».

«Ma entri, ma entri, la prego», disse confusa Angela, anche lei si chiedeva di dove le fosse saltata fuori quella parola. «Entri dentro, si accomodi pure».

Consonni si alzò in piedi e si mise di fronte allo sconosciuto, che si stava togliendo l'impermeabile, molle di umidità. In qualche modo l'aspetto di quel signore mal messo gli pareva familiare.

«Amedeo, ma sei tè» disse quello, e Amedeo rispose: «Sì che sono io, e tè chi sei?».

«Non mi riconosci più, Amedeo? Eh, va bene che sono invecchiato male, però... Tè invece sì che ti trovo béne... sei un fiore... ma davvero non mi riconosci?».

L'Amedeo cercava di raccogliere le idee, di fare mente locale, ma non riusciva a capire chi fosse quello lì che gli dava del tu e che pareva conoscerlo.

«Amedeo, sono il Barzaghi, non ti ricordi di me?».

«Il Barzaghi? Carlo Barzaghi? Quel Barzaghi lì?».

«Eh, vedi che ti ricordi, eppure non mi riconosci mica... sono messo proprio male lo so, ma ho avuto tante di quelle tribolazioni...».

«Ma Carlo, sei tu? Ma cosa ci fai qui. Ma perché non mi hai avvertito che venivi? Quanti anni saranno? Saranno trent'anni che non ti vedo... ma vieni, accomodati, ma che sorpresa...».

Angela si sentiva un po' esclusa dall'incontro, capendo che il Consonni in tempi assai lontani conoscesse bene quell'individuo. Prese l'impermeabile e lo agganciò all'appendiabiti nell'ingresso.

«Se volete vi lascio soli» disse con una sottile piega di risentimento, visto che Consonni non aveva neanche pensato a fare le presentazioni.

«E la Luigina, la Luigina come sta?» chiese lo sconosciuto, e Angela capì che la faccenda si faceva più complicata.

«Eh, la Luigina se ne è andata da un bel pezzo, mio caro Carletto, ci ha lasciato quasi sei anni fa».

«Oh signur, come mi dispiace, e io che non ne sapevo niente, e io che vi avevo portato questo...».

Estrasse da sotto la giacca un pacchettino di dolci...

«Eh, se mi dispiace, una donna come la Luigina...».

Angela comprese che la sua presenza lì imbarazzava soprattutto lei, e si inventò una scusa per abbandonare il campo: «Mi dovete scusare, ma ho lasciato la pentola con le *auberginettes* sul fuoco... vi lascio soli, devo correre, poi dopo ci rivediamo...», ma uscendo non poté evitare un lieve tono polemico: «Mi scusi se non ci siamo presentati, io mi chiamo Angela Mattioli, piacere di conoscerla...».

«Barzaghi Carlo» replicò il Barzaghi, mentre Angela se ne andava.

Il Carlo una volta uscita Angela se ne rimase in silenzio, osservando come fosse ben arredato l'appartamento del Consonni.

«Eh, tu sì che hai sempre avuto buon gusto. Io avevo solo il mestiere, ma il buon gusto non me l'ha mai dato nessuno».

Consonni nel frattempo aveva riordinato le idee. Il Barzaghi era un falegname col quale Amedeo aveva lavorato insieme a lungo, tanti anni prima, per una ditta che arredava le vetture ferroviarie del Wagon-Lit, a Cantù. Consonni si occupava delle tappezzerie dei letti, delle poltroncine, e anche delle pareti. Barzaghi era il capo dei falegnami, che realizzavano le carpenterie interne...

«Eh, ormai, sono in pensione» disse Consonni «e te, lavori sempre o cosa?».

«Beh, sarebbe lungo raccontarti cosa è successo in questi trent'anni, ma non sono venuto qui per questo».

«?».

«Sono qui per l'angoliera».

«L'angoliera?».

«Quell'angoliera che cercavi, sai chi me l'ha detto? Me l'ha detto il Cambiaghi, il Marco, mi ha detto che cercavi un'angoliera e io te l'ho trovata. È bella sai, è di noce chiaro, fine Ottocento, bombata, non è un oggetto facile a trovarsi...».

«L'angoliera? Ma bene, davvero? E dov'è, la posso vedere? Sai, è per un regalo».

Era da tempo che Consonni cercava un'angoliera per regalarla ad Angela, per Natale. L'aveva detto a Cambiaghi che trafficava in mobili, dalle parti di Saronno, d'altronde da quelle parti tutti trafficano in mobili. Però il Cambiaghi non si era fatto più sentire. Oramai Consonni non ci pensava quasi più, almeno per l'occasione natalizia, e si stava immaginando qualche altro regalo per Angela, pur non avendo ancora le idee chiare.

«L'angoliera è qua fuori. Te l'ho portata. È bella sai? Gli ho dato anche una sistemata, una zampa era rotta. E poi l'ho passata a spirito. Non ho i tuoi gusti ma mi ci vedi a lucidarla a cera? L'avevo comperata per me, ma ora non mi serve più».

«Qua fuori? Ma l'hai già portata?». Consonni temette che Angela l'avesse potuta scorgere. «E il prezzo?».

«Oh, il prezzo... il prezzo è niente. Non voglio niente, in nome della nostra vecchia amicizia».

«Ma sei scemo? Ma va là, una bella angoliera vale i suoi soldi... non se ne parla...».

«No, soldi non ne voglio, ma...».

«Ti posso offrire qualche cosa? Un caffè, un tè, un fernet?».

«Beh, grazie, un fernet va bene, sai com'è, è che...».

Consonni avvertì che il Carlo doveva parlare di qualcosa...

«Ti ho visto sul giornale, sai, ho visto la tua foto sul giornale, e mi son detto, ma no, non è mica possibile, chest chi l'è il Consonni? E sotto c'era scritto che eri proprio tu, che facevi le indagini, che ti occupi di crimini... che sai tutto... ecco, io...».

«Ma no, guarda, i giornali... io di quella roba lì non mi occupo più, ho giurato che proprio... era solo un hobby, ma mi è passata la voglia... non lo guardo più il mio archivio, tu sapessi...».

«Ma guarda che a me non serve nessun aggiornamento, a me serve roba vecchia, qualcosa che è successo molti anni fa, forse venti anni, o forse prima...».

Barzaghi cominciò a raccontare. Il problema era che stava restaurando il vecchio casolare di famiglia, che era rimasto abbandonato per tanto tempo: «Quasi vent'anni, da quando i miei andarono a stare in paese».

Il Carlo sembrava molto convinto di quello che diceva. «Tu Amedeo non lo puoi sapere, ma adesso, con la storia delle Piramidi di Rovagnate, quella cascina vale oro, è ben per quello che la sto rimettendo a posto...».

«Cos'è che sono queste Piramidi di Rovagnate?».

«Ma come, non ne hai mai sentito parlare? Non lo sai che sotto tre collinette ci sono tre piramidi uguali identiche a quelle dell'Egitto?».

«Ma dove, in Brianza? Ma sei scemo?».

«Io scemo? Ma dove vivi... Lo sai che fra poco tempo arriveranno archeologi da tutto il mondo? Perché, non lo sapevi? Quelle piramidi lì sono orientate verso la costellazione di Orione, esattamente come quelle egizie, e io, in mezzo a questi orientamenti, ci ho la cascina. Eh, no! Arriveranno turisti a centinaia, e dov'è che andranno ad alloggiare? Qualcuno anche da me, e quelli più importanti, perché la mia cascina è proprio lì, quando arriveranno gli archeologi faranno a gara per avere una stanza nel mio agriturismo. Lo sai come lo voglio chiamare?».

«No, come lo vuoi chiamare?».

«*Agriturismo Orione*, cosa ne dici?».

A Consonni venne in mente qualcosa sul povero Rebaudengo, l'egittologo dilettante di Lentate.

«Beh, non so, come nome per un agriturismo...».

«Lo potrei anche chiamare *Le piramidi*, oppure *Il mi-*

stero delle piramidi, comunque fa i stess, ho premura di fare i lavori il più presto possibile».

«E allora tuo figlio cosa c'entra? Non hai detto che volevi risistemare la cascina per lui?».

«Ma certamente... e per chi altri... te l'ho pur detto che mio figlio ha avuto qualche difficoltà... insomma... gli ho trovato un lavoro con i fiocchi...».

«Ma tu a questa storia delle piramidi ci credi?».

«Uei Amedeo... mi prendi in giro? Ci ho scritto pirla in fronte? Ma no che non ci credo, son tutte balle, pensi che mi sia completamente rincretinito? Hanno trovato delle pietre, ma quelle le hanno messe per fare i terrazzamenti, però quella gente là non la smonti mica, ci credono davvero, e fanno tutti i loro calcoli. Pensa che sono venuti anche dalla Cecoslovacchia, hanno fatto un servizio su una rivista, e anche alla TV... insomma, mi capisci, capisci che ho una certa premura, e per questo ho bisogno di sistemare questa faccenda degli scheletri...».

«Gli scheletri? Quali scheletri?».

Il Barzaghi si guardò intorno come per sincerarsi che nessuno li stesse ascoltando: «Eh beh, gli scheletri, sì».

«Ma come, scheletri umani?».

«Eh beh, ma certo, e se no venivo da te?... Insomma, fatto sta che tirando giù un muro, in un'intercapedine fra la cantina e la stalla, sono venuti fuori tre scheletri... Ma belli, guarda, intatti, come quelli che si vedono al museo. Sdraiati per terra, un po' scuri, grigi a macchie, solo appena un po' rovinati. Uno più basso, gli altri due più o meno delle stesse dimensioni, alti uguali, tutti morti...».

«Ma scusa, e perché me lo vieni a dire a me? Perché non vai dai Carabinieri? Chissà quanti anni è che sono lì, tu li hai solo scoperti».

«Eh, la fai facile tu. E chi sono? E chi ce li ha messi? Quella casa è della mia famiglia da sempre. Può averceli messi qualcun altro, un estraneo? È questo che mi tormenta da un bel po'. Se solo potessi sapere quanti anni hanno quegli scheletri sarebbe già qualcosa. Ma io cosa ne capisco di scheletri? Però di muratura qualcosa ne capisco, e secondo me quel muro lì non è che abbia quattrocento anni. Per questo ho pensato a te, perché tu a quanto dicono i giornali di quello che è successo negli ultimi venti anni, in fatto di cose strane, sai tutto...».

«Eh, tu dai retta ai giornali...».

«Ma insomma, Amedeo, capisci il mio problema o no? Prima di tutto sto cercando di restaurare l'ambiente per mio figlio, che dopo anni molto travagliati sembra poter tornare a una vita quasi normale. E se io adesso vado dai Carabinieri che cosa succede? Mi fermano il cantiere, mi bloccano tutto e vai a sapere te quando i lavori li posso fare. E mio figlio? Cosa fa, aspetta gli anni?».

«Ma perché, se posso, che cos'è successo a tuo figlio?».

«Beh, lo sai... te lo dirò meglio... ma non sarebbe tanto questo. Se avessi voluto quegli scheletri li avrei presi e buttati da qualche parte, nell'Adda, o in qualche discarica, chi se ne sarebbe accorto?... è che io vorrei sapere chi sono quelli lì, e chi ce li ha messi. Mi capisci o no? È casa mia, ma chi ce li può aver murati dentro? Mio padre è morto nel 2004, pace all'anima sua, ma quella casa era roba sua, ci andava solo lui. E allora che cosa devo pensare, che ce li ha murati lui? E perché?».

In realtà a proposito della questione il Barzaghi qualche vaghissima idea per la mente ce l'aveva, ma era roba che c'era solo da vergognarsi a raccontarla, da quanto non stava in piedi. Dunque non la raccontò.

«Mettiti nei miei panni, ti sembra possibile? E poi tre persone sono tre persone. E guarda che secondo me non siamo in tempo di guerra, quando tre persone possono sparire e nessuno ci fa caso. Quel muro, su questo te lo garantisco, è stato tirato su fra il 1989 e il 1993. Tu che di queste cose te ne intendi, perché non dai un'occhiata agli scheletri? Tu capirai tante cose che io non capisco».

«No, ma no e no...» diceva Consonni, «tu devi andare dai Carabinieri» ma il Barzaghi continuava per la sua strada.

«Secondo me nei tuoi archivi hai tutto quello che serve per capire se in zona sono sparite tre persone. Tre persone sono mica poche, non ce l'hai un dossier sparizioni?».

Certo che ce lo aveva.

«Dai, a te cosa costa? Vorrei solo un parere, e poi a te queste cose non fanno mica impressione, tre scheletri, sono intatti. E stai tranquillo, non lo sa nessuno, quel muro lì l'ho buttato giù io da solo, non lo sa neanche mio figlio. Lo sappiamo solo io e te, a questo momento qui. Però devi darmi una mano. Ho avuto tanti pensieri... Anche perché c'è un'altra faccenda che riguarda la mia famiglia...».

«Perché, sono scomparsi tre membri della tua famiglia?».

«No, no, però, insomma, ci sono delle cose strane...».

«Ma dove sarebbe questa cascina? E poi, tu dici che non lo sa nessuno, ma qualcun altro lo deve pur sapere, no? Quello o quelli che ce li hanno messi, sempre che siano ancora vivi, non pensi che la situazione sia pericolosa? Insieme agli scheletri hai trovato qualcos'altro? E poi com'è che hai detto che li hai trovati sdraiati per terra? E non avevano dei vestiti addosso? Se è roba degli ultimi venti anni i vestiti mica si decompongono, magari li mangiano un po' i topi, ma qualche cosa rimane. Non hai trovato niente? Vuol dire che quelle persone sono state chiuse lì dentro che erano nude? Ma poi, come fai a sapere che sono morti una ventina di anni fa? E se sono morti da un'altra parte, magari molto tempo prima, chi ti garantisce che non li abbiano soltanto portati lì quando hanno fatto il muro? Hai sentito cattivo odore? Guarda che il cattivo odore rimane per sempre, dice che lo sentono anche i tombaroli quando violano le tombe etrusche. Hai mica visto se gli scheletri hanno qualche impianto dentale? Nessun segno di riconoscimento?...».

«Le tombe etrusche? Ma cosa dici?». Barzaghi era soverchiato da tutte queste domande, in effetti troppi problemi non se li era posti, però quando aveva buttato giù il muro aveva sentito un tanfo asfissiante. Ma Consonni riprese.

«Guarda che io di queste cose non me ne occupo, non ne so niente, non mi interessano affatto. Se vuoi saperne di più vai dai Carabinieri, e se hai paura di avere delle rogne prendi i tuoi scheletri e valli a seppellire da qualche parte, sul Resegone, o in campagna. Oppure prendi la macchina e li porti a Piacenza e li butti nel Po, o in qualche altro fiume. Io di queste cose non ne voglio più sapere niente... Ma, solo per curiosità, ora dove li hai messi, sono sempre lì, come li hai trovati? Non ti sarà mica venuto in testa di spostarli, vero?».

«No, ecco, c'è una cosa che non ti ho detto, spostare li ho spostati».

«Ma come li hai spostati? Cosa hai fatto, li hai decomposti, li hai messi a pezzi in delle scatole? Voglio sperare che tu non li abbia confusi, mischiando le ossa dei tre scheletri tutte assieme».

«No, no, ho fatto un lavoro fatto bene, sono tutti e tre ben separati, e ho fatto anche di più».

«Come sarebbe a dire hai fatto anche di più?».

«Li ho incollati».

«Come, li hai incollati».

«Siccome non stavano insieme per bene li ho incollati, ho incollato le ossa le une con le altre, vedessi che bel lavoro che ho fatto, ora stanno in piedi da soli, possono stare anche su dritti, perché li ho incollati, ora sembrano quegli scheletri che ci sono nei musei, anche se quelli sono tenuti con il filo di ferro. Ma io ho fatto un lavoro migliore, li ho rimessi insieme col silicone, che permette anche un po' di mobilità e di flessibilità. E poi in cima al cranio gli ho messo un gancio, si possono attaccare, lo sai che uno scheletro non pesa niente?».

«Ma tu sei pazzo, vuoi dire che hai incollato tutti i pezzi degli scheletri e li hai agganciati alla sbarra dell'armadio?».

«Beh, questo non te l'avevo detto, come hai fatto a indovinare?».

«Oh, santo cielo, ma ti sei ammattito?».

Barzaghi ci rimase male, a lui era sembrato di aver fatto un buon lavoro, se non li incollava quegli scheletri si confondevano tutti.

«Uei, Consonni, vacci piano con le parole. Se io vengo qui da te e ti racconto queste cose non è mica per farmi prendere a parole... Che poi gli scheletri effettivamente li ho spostati da dove si trovavano, ecco, quello non te lo avevo detto... li ho portati via da casa mia».

«E dove li avresti portati?».

«Non è che li *avrei* portati, li *ho* portati, li ho portati con me».

«E dov'è che li hai portati?».

«Ma come dove li ho portati, li ho portati da te, no? Per farteli vedere».

«Da me?».

«Sì, sono qua fuori, nell'armadio angoliera. Guarda che è una bella angoliera sai? Loro dentro ci stanno un po' stretti, ma ci entrano benissimo».

«Vuoi dirmi che nell'angoliera qui, fuori della porta d'ingresso, ci sono gli scheletri?».
«Esattamente come hai detto tè».

Angela uscendo dall'appartamento di Consonni non aveva potuto fare a meno di notare quella bella angoliera di noce appoggiata al muro. Pensò che il vecchio falegname volesse chiedere un favore al Consonni, che so, di rivestirla internamente di carta pregiata, se non addirittura di stoffa.
E se invece? E se invece quella angoliera avesse avuto un'altra destinazione? Angela subito pensò che l'evidente imbarazzo del Consonni poteva avere un motivo solo. Quella angoliera era per lei, finalmente avrebbe potuto piazzare una parte della sua collezione di servizi da caffè in una collocazione propria.

Consonni aprì la porta di casa come un ossesso e sul ballatoio vide anche lui l'angoliera. Ebbe un mancamento.
«Riporta subito via quell'angoliera, immediatamente!».
«E come faccio? Me la porto via a piedi?».
«Perché, sei venuto a piedi? E te la sei portata a spalla?».
«Ma no, mi ha accompagnato mio genero col furgone, mi ha aiutato a scaricarla e a portarla su per le scale. Però adesso se ne è andato via, è andato a Bergamo».
«Ah...» fece Consonni, e tornato nel suo appartamento si accasciò sul divano, persa ogni speranza.

«Se mi dai una mano portiamo l'angoliera dentro» disse il Barzaghi, «guarda che è assai maneggevole».

Consonni sembrava non reagire, pensando che si trattasse di nuove allucinazioni, e allora il Barzaghi l'angoliera nell'appartamento la portò da solo, in fondo era del mestiere, con un panno di lana su cui farla scivolare sapeva benissimo come fare a trasportare un mobile, ci mancherebbe altro.

Piazzò l'angoliera nell'unico angolo libero, in camera da letto, ci stava proprio bene.

Visto che Consonni non rispondeva e manteneva uno sguardo fisso e catatonico, gli dette una piccola pacca sulla spalla e commentò: «Lo sapevo che su te si poteva contare. Ti lascio qui il mio numero di telefono. Ciao Amedeo, eh? Stai béne».

La storia sul ritrovamento degli scheletri, così come l'aveva raccontata Barzaghi, non era del tutto convincente e infatti c'era dell'altro. E quando Consonni aveva detto «... e se sono morti da un'altra parte, magari molto tempo prima, chi ti garantisce che non li abbiano soltanto portati lì quando hanno fatto il muro?», Barzaghi era stato colpito nel vivo. Non che avesse mentito, od omesso particolari importanti. Che quegli scheletri li avesse ritrovati in un'intercapedine fra due muri nella sua cascina di Rovagnate in corso di restauro era perfettamente vero, e anche che non avevano vestiti, oggetti ecc. con loro. Erano effettivamente sdraiati per terra, e lui li aveva davvero rincollati, ove necessario, col silicone. Che avesse sbagliato la ricollocazione di qualche osso? Possibile, ma tutto sommato ininfluente.

Quello che Barzaghi non aveva raccontato a Consonni erano alcuni pensieri che gli erano passati per la testa.

Vedete, a dispetto di quello che si potrebbe pensare oggi, l'alta Brianza, data la sua collocazione geografica strategica e mille altri motivi, è stata una zona di grande importanza per la Resistenza contro i tedeschi e i repubblichini dal '43 al '45. Molto vicina alla Svizzera e a Milano, e quindi zona di transito di profughi o di antifascisti, ricca di attività industriali, era un crocevia che fu teatro dell'azione di molte brigate partigiane, per la gran parte brigate Garibaldi, ma non solo. Il Barzaghi, per uno scherzo del destino, era nato proprio nel '43. Sua madre col neonato si era rifugiata da certi parenti vicino a Cremona. Il padre no, era rimasto lì, era un repubblichino, e pare che si fosse distinto per una serie di operazioni assai efficaci contro la canaglia antifascista.

Tuttavia, non si sa come, dopo l'aprile del '45 il Barzaghi padre l'aveva scampata. Il Barzaghi figlio, il Carlo, ne aveva sentite di storie, a quel proposito. Le aveva sentite non dal padre, che non aveva mai raccontato niente, ma dal nonno, che aveva la bocca larga, lui vecchio socialista, un uomo che nella vita aveva sempre fatto il falegname e al quale piaceva immensamente fare gli scherzi.

Il Barzaghi padre era emigrato nella Svizzera francese nel 1949, a fare il cameriere, e ci era rimasto una ventina d'anni. Il Carlo, fino a quando non si era sposato, era restato nella casa di Rovagnate con la mamma e il nonno, non se ne parlava che si trasferissero anche loro. Spesso il padre tornava, data la vicinanza, così il Carlo ebbe due fratelli e tre sorelle.

Una delle storie che raccontava il nonno era quella dei tre collaborazionisti di Calco o di un altro paese, Barzaghi non si ricordava bene, che avevano fatto la spia, portando alla fucilazione di cinque partigiani nel febbraio del '45.

Il nonno aveva piacere a tornare sull'argomento e sul fatto che quelle tre spie al momento della liberazione erano introvabili. Erano fuggiti via? Oppure qualcuno li aveva fatti scomparire? Il nonno a questo punto di solito sogghignava.

Quando il Barzaghi Carlo aveva tirato giù il muro e aveva trovato i tre scheletri non aveva potuto non pensare ai tre collaborazionisti. E se erano loro?

Chi ce li aveva messi? Il nonno? Oppure suo padre, in cambio dell'incolumità?

Perché era senz'altro dimostrabile che il muro era stato tirato su dopo il 1989, ma chi poteva affermare che prima non ce ne fosse un altro? Oppure, come già aveva adombrato quella lenza del Consonni, che gli scheletri fossero stati trasferiti lì da altra sede?

Erano tutte fantasie, pensava Barzaghi, ma non riusciva a scacciarle da sé. Per questo aveva escluso di notificare la scoperta degli scheletri ai Carabinieri. La motivazione di non avere il cantiere bloccato non era futile, era la principale. Ma oltre a quella c'era la possibilità, lontanissima ma reale, che quei tre scheletri appartenessero ai tre collaborazionisti. E allora, apriti cielo, il fango sarebbe piovuto su suo padre – collaborazionista traditore dei suoi stessi amici collaborazionisti – o su suo nonno – vecchio socialista infoibatore. Mamma mia, con i tempi che corrono!

Ma valeva la pena raccontare a Consonni di tutte queste supposizioni? Barzaghi pensò di no. Il vento adesso fischiava da un'altra parte.

Inoltre Consonni se la sarebbe cavata benissimo, uno che era finito in televisione...

Gli avrebbe tolto tutti i dubbi. E se non ci fosse riuscito? Beh, in breve tempo i tre scheletri sarebbero finiti in un posto dove nessuno li avrebbe potuti mai ritrovare.

Ma di queste fantasie per il momento dimentichiamocene. Per tornare al concreto va detto che il Barzaghi non avrebbe infilato gli scheletri così repentinamente nell'angoliera, se non fosse che arrivava il geometra comunale per una ispezione delle volumetrie.

Mentre Barzaghi stava uscendo dalla casa di Consonni la signora Donatella Giorgi fece il suo ingresso con la macchina dentro la corte della casa di ringhiera. Perché? Doveva prendere qualche altra cosa in casa? Il fatto veramente strano è che in mano portasse una bottiglia di whisky, e che fosse da sola, non c'era con lei suo fratello o qualche altra persona di supporto. Inoltre Donatella non prese la direzione della casa del marito, ma salì la rampa di scale opposta e bussò alla porta della signorina Mattei-Ferri.

La signorina si stupì, ma Donatella, bruscamente, le mise la bottiglia di Talisker in mano e le chiese, anzi le impose, di farle un favore.

«Se vede quella cara persona del mio ex marito, potrebbe avere la compiacenza di restituirgli questa bottiglia? Anzi, se per favore gli dicesse di affogarcisi? Lo sa dove l'ho trovata questa bottiglia?».

«No, dove l'ha trovata?».

«L'ho trovata in mezzo ai giocattoli dei miei bambini, l'ho trovata! Si rende conto? Era nascosta dentro un peluche di Margherita a forma di canguro. Si rende conto?».

«Ma io che c'entro...?».

«Oh no, lei non c'entra. Mi deve scusare, ma è che se io vedo quell'animale di mio marito finisce male... e allora vorrei che questa porcheria gliela consegnasse lei, perché io con quello lì e i suoi schifosi trucchetti non voglio avere più nulla a che fare, mi capisce?».

«Ma io...».

«Si rende conto cosa poteva capitare se i miei bambini avessero bevuto il contenuto di quella bottiglia? Si rende conto a che punto può arrivare la perversione umana? E poi qual era il suo scopo? Che i bambini...».

Donatella piantò la bottiglia nelle mani della signorina Mattei-Ferri, e questa rimase senza parole, anche perché nella casa di ringhiera tutti avevano potuto ascoltare.

Così la bottiglia di Talisker fu appoggiata su una mensola nell'ingresso della signorina Mattei-Ferri. Per il momento quella non aveva il coraggio di consegnarla al signor Claudio. Come avrebbe reagito?

Dopo l'entrata e l'uscita di scena di Barzaghi, Consonni era ben frastornato.

Non aveva avuto il coraggio di aprire l'anta dell'angoliera, continuando a sperare che si trattasse di uno scherzo. Senza contare che non si era ancora ripreso del tutto dai fatti e dai malori della settimana precedente, il medico l'aveva rassicurato sulle condizioni del suo cuore e della sua testa, ma valeva la pena sottoporli a simili sollecitazioni? Non resisteva, voleva aprire l'angoliera, ma proprio mentre si accingeva a farlo era tornata Angela, che pareva fin troppo curiosa nei confronti di quel mobile. E si era voluta trattenere a pranzo, per la verità il pranzo l'aveva portato lei...

«Che tipo strano quel Barzaghi...» ma Consonni non rispose, aveva lo sguardo fisso nel vuoto, pareva turbato e assorto in certi pensieri.

«Mi sembri strano anche tu, come se avessi dei pensieri» gli disse infatti lei, ma lui faceva finta di niente e si schermiva, dicendo che era per il fatto di Enrico.

In effetti quel pomeriggio il nipotino sarebbe tornato dal nonno, dopo tanti giorni, che cosa si sarebbero detti?

Caterina peraltro, che avrebbe dovuto portare il bambino alle sedici, aveva telefonato mentre Amedeo e Angela stavano mangiando, chiedendo se poteva venire un po' prima. Quindi portò l'Enrico dal nonno nel primo pomeriggio, alle quattordici e trenta, lo lasciò nella corte della casa di ringhiera, lei si mise a scaricare qualcosa dal baule della Twingo. Angela sgombrò rapidamente il campo, indispettita. Voleva saperne di più dell'angoliera, e poi... quando avrebbe potuto riprendere il suo racconto? Invece Consonni aveva altro per la testa, sempre relativamente all'angoliera medesima.

Enrico entrò nella casa del nonno praticamente senza salutarlo, era di pessimo umore e cominciò a cercare in mezzo ai cuscini del divano, sotto il divano stesso, nelle poltrone, sotto il tavolo da pranzo, dappertutto.

Non trovando quello che cercava si mise a piagnucolare in un angolo.

«Cosa c'è Enrico? Cosa stai cercando?».

«No, no e no!!!» gridò lui, come a dire che non voleva neanche parlare, comunicare, interagire.

«Ma dai Enrico, dillo al nonno che cosa stai cercando, che il nonno ti aiuta».

«No!».

«Dai, vieni qui dal nonno! Allora, cosa c'è che non va?».

Enrico si sdraiò per terra, pancia in giù, mugolando, il Consonni non l'aveva mai visto così.

«Dai, vieni qui Enrico, che il nonno ti dà la merenda. La vuoi una merendina?».

Enrico restò faccia a terra nella stessa posizione.

«No!» disse. «Vai via!».

In quel mentre arrivò Caterina, tutta trafelata, portava con sé lo zainetto di Enrico e un borsone di tela. Lei e suo padre si appartarono in cucina.

«Cos'è che ha l'Enrico, non l'ho mai visto così arrabbiato... cos'è successo?».

Caterina scuoteva la testa. «Eh, son due giorni che è così, non mi dà tregua, tant'è che pensavo di chiederti se poteva restare a dormire qui da te, stanotte, perché io non ce la faccio più, e stasera ho una cena di lavoro, e la baby-sitter non mi viene».

«Quale baby-sitter?».

«Quella che è venuta da me nei giorni scorsi, quella di cui ti dicevo... insomma... posso lasciarlo qui a dormire?».

«Sì, ma perché è così arrabbiato... non l'ho mai visto così arrabbiato... e se me lo lasci così almeno devi dirmi perché è così arrabbiato...».

«Mah, credo sia per via di Bubu».

«E chi è Bubu?».

«Ma come chi è? Era il suo peluche. Quello schifoso orsacchiotto rosa che puzzava di saliva e di pipì».

«E perché dici che puzzava?».

«Perché Bubu non esiste più. Bubu è scomparso. Non c'è più. Mi sta facendo diventare pazza».

«Ma un peluche non può mica scomparire, così, dalla mattina alla sera...».

«Guarda, ieri ho passato tutta la giornata per trovarne uno uguale, eccolo qui, lo vedi? È della stessa marca, uguale in tutto e per tutto, ho dovuto telefonare alla Mirella, che glielo aveva regalato, che mi ha indicato dove lo aveva comperato, ma mi hanno mandato da un negozio all'altro, era un modello vecchio, non si trovava più, ero disperata. Poi son riuscita a trovarne uno, in un negozio dalle parti di corso Lodi, avrò fatto cento chilometri, mi sembrava di aver trovato il sacro Graal, ma lo sai che cosa è successo quando, tutta felice, glielo ho portato? (la cosa le era costata un abisso di baby-sitter). Me lo ha tirato dietro. Ha detto che quello non è Bubu, e si è messo a piangere ancora più forte».

Consonni prese in mano quell'orsacchiotto, bello morbido, di un bel colore marrone acceso, perché Enrico lo rifiutava?

«Devo scappare» disse lei «qua ci sono le sue cose, il pigiamino, un po' di giochi, il grembiulino, lo spazzolino elettrico, tutte le sue cose da disegno, anche il cappellino. Adesso devo proprio andare».

Aprirono la porta della cucina, ma appena Enrico ne sentì il rumore riprese a frignare e a urlare con tutta la voce che aveva.

«Non lo voglio quello lì! Non lo voglio quello brutto lì».

Sia Consonni che la figlia pensarono che si riferisse al surrogato di Bubu, ma non era così, e Consonni a breve avrebbe avuto modo di capire a che cosa si riferiva.

Uscita la mamma Enrico si calmò un po', ma non troppo.

«Quel signore non lo voglio! Quel signore non lo voglio! Quel signore è brutto e cattivo! È lui che ha rubato Bubu!».

«Ma che dici Enrico, ma quale signore?».

«Quello lì, quello grosso, quello che dorme con la mamma».

«Ah...» fece Consonni, e cominciò a capire.

«E perché avrebbe dovuto rubare Bubu?».

«Perché è cattivo e mi fa i dispetti».

«E perché?».

Enrico fece una pausa, come se improvvisamente gli fosse venuta in mente un'idea diversa. Poi si mise a lamentarsi confusamente, fino a sbottare in un urlo: «Voglio Bubuuuu».

La signorina Mattei-Ferri stava guardando con diffidenza la bottiglia di whisky che le aveva lasciato la signora Donatella. Cosa c'era sotto?

Riprese a sfogliare l'ultimo numero di «Chi», che usava assorbire avidamente. C'era un articolo di tre pagine sulla erede ribelle della dinastia Kakoiannis-Sforza, una delle famiglie più in vista di un certo mondo. Ecco, c'era una foto di uno degli elementi più giovani della dinastia, una tal Marilou, immortalata completamente ubriaca e seminuda proprio fuori da uno dei locali più alla moda di Milano.

Ah, che génte, pensava la Mattei-Ferri, ma fu distratta, perché proprio in quel momento si accorse che una silhouette femminile si ergeva bassa davanti alla sua finestra. E adesso chi è?

Era Erika, che senz'altro le veniva a rompere le scatole per sapere se c'era qualche novità, relativamente a un lavoro qualsiasi in zona.

«Signorina Mattei-Ferri, c'è una lettera per lei, è una raccomandata».

«Ma come raccomandata, se io non ho firmato niente».

«Ma l'ho firmata io, il postino aveva tanta fretta...».

«Ma chi l'ha autorizzata... ma guarda un po' questa».

«Insomma... io la lettera gliel'ho consegnata... eccola qua, se poi lei non la vuole... faccia lei... io che ne so».

«Ma una raccomandata... Ma lei come ha firmato?».

«Ma col suo nome no? Me l'ha detto il postino».

«Oh signore, ma ora io...».

«Beh, signorina, non è che ha saputo niente per quei lavori di pulizie...?».

La Mattei-Ferri traguardava la raccomandata con sospetto. Oddio, pensava, non sarà mica quella cosa lì?

Ebbene, era quella cosa lì. Era l'avviso della visita fiscale. Si doveva presentare in data 20 gennaio nell'ambulatorio... per la visita fiscale relativa alla sua pensione di invalidità.

Beh, beh, almeno non l'ho ritirata io. L'ha ritirata qualcun altro. Io come avrei potuto ritirarla?

«No signora Erika, non mi è giunto niente all'orecchio» disse la Mattei-Ferri, rimanendo seduta, nella sua infermità. Poi ebbe una illuminazione.

«Mi scusi, sa, Erika, mi farebbe una cortesia, io son qui paralizzata, piena di dolori, e con questo freddo umido ho proprio difficoltà ad uscire di casa, sarebbe così gentile da portare questa bottiglia di whisky al signor Claudio? Me l'hanno lasciata qui, ma io proprio... E poi può sfruttare l'occasione per chiedere al signor Giorgi se ha bisogno di qualcuno che gli faccia i mestieri in casa, sa, ora che è rimasto solo».

Erika prese la bottiglia senza fare problemi, l'avrebbe consegnata a Claudio in seguito, a lei cosa costava? Non si fece troppe domande. Alcuni difetti li aveva, ma non quello di emettere giudizi.

Appena Erika fu fuori tiro la Mattei-Ferri serrò le tendine muovendosi a rilento, poi corse agilmente verso lo sgabuzzino, dal quale estrasse una carcassa scheletrica e pesante, la sua sedia a rotelle. E se le avessero fatto una visita a domicilio a sorpresa? Oppure se ci fossero in giro delle spie anonime in borghese?

Dopo aver piazzato la sedia a rotelle davanti alla finestra, la signorina aprì l'armadio. Dentro non c'erano degli scheletri, se non in senso metaforico e in immagine fotografica. Per raggiungere il suo obiettivo dovette liberare vari strati di abiti, sciarpe, golf ammonticchiati sopra quello che stava cercando. Poi trovò i cumuli di radiografie. Presa dal panico le estrasse tutte dall'armadio, cercando di ordinarle cronologicamente.

E se avessero fatto delle indagini a Salsomaggiore? Magari la spiata era arrivata da lì.

Non c'era da perdere tempo. Telefonò alla ASL per fare richiesta di un'ambulanza per il 20 gennaio, perché doveva recarsi in ospedale per una visita fiscale.

«Ma come, per una visita fiscale ha bisogno di un'ambulanza?».

«Perché, se lei fosse invalida al 71% non ne avrebbe bisogno?».

Nel pomeriggio era stato difficile per Consonni affrontare insieme all'Enrico la questione della scomparsa di Bubu. Il nipotino non sembrava assolutamente disposto a negoziare sulla faccenda, voleva che Bubu tornasse. Per questo Consonni si era sbilanciato, forse troppo, e aveva convinto Enrico che loro due Bubu lo avrebbero ritrovato, tentando di persuaderlo anche del fatto che non lo aveva rapito quel signore, che non era cattivo e che era amico della mamma. Il bambino non ne fu affatto convinto.

Quindi lui e il nonno avevano passato in rivista tutta la casa, meno l'angoliera, ovviamente, simulando una investigazione alla ricerca di Bubu.

Naturalmente il fatto che l'angoliera non fosse stata ispezionata insospettì Enrico, capì che c'era qualcosa di strano, ma non lo dette a vedere. Consonni, facendo finta di cercare, provava a calmare il nipotino.

«Ma non è che l'hai lasciato a scuola, oppure al parco giochi?».

Enrico fu perentorio.

«Bubu non lo porto *mai* fuori casa, Bubu non è *mai* uscito di casa. A scuola o al parco giochi lui non ci può venire».

«E perché?».

«Perché ci sono troppi pericoli» disse Enrico con fermezza, e Consonni era convinto che Enrico dicesse il vero.

La finta ricerca di Bubu andò avanti per due ore, poi Enrico sembrò distrarsi un attimo, davanti alla televisione.

Consonni ne approfittò per telefonare a Caterina e chiederle delucidazioni sul caso Bubu.

«Guarda che questo bambino non ha nessuna intenzione di riprendersi dalla scomparsa di Bubu, che cosa facciamo? Bisogna ritrovarlo. Sarà pur finito da qualche parte...».

«Ma non sarà che ha due linee di febbre? Gliel'hai misurata la febbre?».

«Ma cosa c'entra la febbre, qui il problema è Bubu... ne sai qualcosa?».

«... e va bene, confesso...» disse Caterina. «Esasperata l'ho messo in lavatrice, era un cumulo di batteri, una cosa schifosa, solo che non ha retto il lavaggio, ed è andato in mille pezzi, era talmente consumato che si è dissolto, neanche volendo si potrebbe ricucire».

«Ma portalo a me che te lo rimetto insieme, è il mio lavoro».

«No, Bubu non esiste più, non c'è più niente da fare».

«Ma lui lo sa quello che hai combinato?».

«Non usare questo tono! Certo che no, che non lo sa. Gli ho detto che Bubu è scomparso, non si trova più, che gli dovevo dire? Gli ho detto che se ne è andato via, o che l'hanno portato via, non lo so, non c'è più, che altro potevo dirgli?».

Consonni pensò che sua figlia era un po' sadica, e che così non si fa. E soprattutto non poteva lasciargli il nipotino in quelle condizioni, visto che il patatrac lo aveva combinato lei. E se la febbre l'avesse avuta davvero?

«Ma quell'orsacchiotto identico che gli hai comprato, perché quello non lo vuole?».

«Ma che ne so, non ha i suoi odori e neanche l'aspetto, non ci somiglia per niente, Bubu ha dovuto sopportare anni di saliva e di stropicciamenti, da marrone era diventato rosa...».

Consonni non disse niente, pensò che in qualche modo le cose si sarebbero sistemate. Aveva già un'idea in mente.

«Beh, facciamo una cosa, adesso io lavoro un po' su questo simil-Bubu, e vediamo se riusciamo a convincerlo».

«Va bene, fai un po' come credi...».

«Ma scusa, tu non avevi una cena di lavoro?».

«Come? Ah, sì, no, la cena di lavoro? No sai, la cena di lavoro è saltata».

La serata con Enrico per il Consonni fu ardua. Il bambino era indisponente e riottoso, non gli andava bene niente, fu assai impegnativo anche farlo mangiare. Enrico era irriconoscibile. Ogni tre minuti faceva le bizze, aveva perso la sua caratteristica principale, che era una grande capacità di autonomia. Consonni non ebbe un minuto libero.

La nottata si prospettava difficile, Enrico non voleva assolutamente andare a letto. Quando Consonni riuscì a mettercelo, quello pretese che il nonno restasse lì, a fargli compagnia. Alla fine, ci vollero due ore, Consonni ce la fece ad addormentare Enrico, dopo avergli raccontato di quando lui aveva visto un orso in carne ed ossa. Un orso che si chiamava Dino, che era cattivo per davvero, ma che con lui si era sempre comportato bene.

Consonni, lasciando in punta di piedi la cameretta dove dormiva Enrico, che poi era quella che tanti anni prima era stata di Caterina, rifletteva sulla grave perdita che rappresentava per Enrico la scomparsa di Bubu, una perdita difficilmente risarcibile, soprattutto perché non si ritrovava il cadavere, cui dare adeguata sepoltura. Capiva che è meglio la morte di una scomparsa, che è un po' il tema di questa storia che vi sto narrando. Brutta la fine che aveva fatto Bubu, ma se le spoglie di Bubu si fossero ritrovate probabilmente Enrico se ne sarebbe fatta una ragione, e forse avrebbe provveduto a un qualche rituale funebre, a modo suo...

E poi c'era la solita storia. Enrico non gradiva che la sua mamma frequentasse un uomo, e Caterina come reagiva? Portando il bambino dal nonno, senza dirgli niente. Una cena di lavoro... ehh... va bene.

Con tutte le cose a cui aveva da pensare Consonni in quel momento, eppure ebbe un'idea. Osservò attentamente il simil-Bubu ed elaborò una strategia, Bubu sarebbe tornato, convalescente.

Enrico si era addormentato proprio pensando a quella prospettiva: Bubu era malato o moribondo da qualche parte, ma sarebbe tornato, e lui l'avrebbe curato.

Alla stessa ora il De Angelis aveva appena terminato di studiare il libretto di istruzioni della BMW Z3 3.2.

Non ci avrebbe mai creduto, quante funzioni aveva il computer di bordo.

Irrequieto, si mise a consultare un numero di «Quattroruote», ne aveva la collezione completa, almeno a partire dal 1984. Le prestazioni della Z3 3.2 24 valvole, il modello di punta della serie, garantivano un'accelerazione da 0 a 100 in 5.3 secondi (un mostro). Velocità massima oltre 250 km orari. Note dolenti: consumo ciclo urbano 16,6 litri per 100 chilometri, vale a dire 6 chilometri con un litro, ciclo extraurbano 7,9 litri per 100 chilometri, ma qui bisogna intendersi: a che velocità? Ma a chi si compra una macchina del genere che cosa importa?

Ogni tanto si affacciava alla finestra per rimirare il mostro argentato.

Alla fine De Angelis non resistette più e, circospetto, scese le scale. Azionò il telecomando che emise un suonino e disinnestò l'antifurto. Si calò a fatica dentro la BMW, si aggiustò al posto di guida e inserì la chiave nel quadro, giusto per poter consultare il computer di bordo. Lui di quelle cose non si intendeva molto, ma c'erano due selettori, facili da usare. Il computer diceva tutto, il consumo di benzina medio da quando il chilometraggio parziale era stato resettato, il consumo degli ultimi chilometri fatti, il consumo generale, 8.4, beh, non era mica male, per una macchina di quella potenza. Ma cosa mi viene a dire «Quattroruote»... Inoltre il computer indicava la temperatura esterna (4.5 °C) e quella interna (6.0 °C), ma i dati a disposizione erano infiniti. Si potevano avere le temperature in Fahrenheit?

De Angelis passò tre quarti d'ora a maneggiare i selettori, poi, finalmente, si fece coraggio e girò la chiavetta della messa in moto. L'auto emise un rombo impressionante, lui, con la sua Opel Vectra, era abituato a pestare sull'acceleratore.

Il rumore fu udito da tutti gli inquilini della casa di ringhiera, perciò lui si affrettò a spegnere il motore, come se l'avesse fatta grossa. Che bolide!

Consonni sussultò quando sentì quel rombo, e se ora mi si sveglia l'Enrico? Ma il bambino finalmente dormiva, e Amedeo poté pensare di dare un'occhiata al contenuto dell'angoliera. Esitò prima di aprirla, guardava quel mobile con un senso interiore di sconforto. Ma anche questo mi ci voleva, si lamentava, non sapeva cosa fare. Sarà vero che lì dentro ci sono gli scheletri? Non sarà uno scherzo che mi hanno organizzato l'Angela e il Barzaghi? O mi sono sognato tutto?

Consonni fece una cosa che di solito non faceva, chiuse a chiave la porta d'ingresso. Normalmente la lasciava aperta, non aveva timore che si introducessero estranei, ma adesso?

Una volta chiuso dentro si guardò intorno temendo di essere visto, ma da chi? Poi si avvicinò all'angoliera. Possibile che contenesse tre scheletri?

Ma che bamba che sono, ci sono cascato come un pirla, diceva a se stesso con ironia e speranza. Ma di aprire la porta dell'angoliera non si fidava. Controllò ancora una volta di essere completamente solo.

Chiuse le tendine. Tornò a dare un'occhiata a Enrico: dormiva.

Finalmente aprì lo sportello dell'angoliera e... gli scheletri c'erano davvero! Oh signor mio!

Occupavano meno spazio di quello che si sarebbe aspettato, però erano veri scheletri, attaccati con un gancio applicato al loro cranio a una sbarra orizzontale. Il Barzaghi aveva fatto un lavoro come si deve, ciascuno scheletro era protetto da una grossa busta di cellophane, esattamente le stesse che danno in lavanderia, se ne stavano uno a ridosso dell'altro come se si volessero fare coraggio. Anche Consonni ebbe bisogno di un po' di coraggio, tornò in salotto e si servì un bicchierino di grappa.

Solo dopo il cicchetto Consonni si decise ad ispezionare gli scheletri, che incollati col silicone se ne stavano appesi come degli abiti. E ora che fare?

Consonni ruppe gli indugi ed estrasse gli scheletri dall'armadio, con delicatezza. Li liberò uno a uno dalla sacca di cellophane e non sapendo dove altro metterli li sdraiò sul suo letto matrimoniale. Li osservò dalla distanza, su quel bel letto con testata di ciliegio sembravano a loro agio, ma ben svegli.

In un primo momento l'unica ispezione che Consonni poteva eseguire era quella visiva. Due scheletri erano più o meno della stessa altezza, l'altro era più basso, ed era diverso come struttura, aveva il bacino più largo e il costato era più ridotto in dimensioni, pensò che quella potesse essere una donna.

C'era un che di proibito nel fatto che due uomini e una donna, sdraiata in mezzo ai maschi, fossero su quel talamo. Consonni cercò di reagire a questa sensazione calandosi in un atteggiamento rigidamente scientifico, ma lui di scheletri non se ne intendeva proprio, da quell'osservazione non riusciva a cavare niente. Si concentrò sui denti, come aveva sentito dire che si fa in questi casi, alla ricerca di qualche impianto, otturazioni, denti d'oro. Per far questo dovette munirsi di un paio di cacciaviti, per tenere le bocche aperte. Non notò niente di particolare, non c'erano ponti o otturazioni, i tre avevano delle belle dentature, tutto sommato. Si soffermò su un particolare, gli incisivi erano ancora zigrinati, non piatti e lisci, come i suoi. Che significava? Beh, era facile, che erano giovani. Non dei ragazzini, vista la statura, ma neanche gente che avesse raggiunto i 25-30 anni.

Ispezionò gli scheletri con la lente di ingrandimento. Probabilmente uno specialista, un antropologo forense, un ortopedico, un dentista, anche un medico generico, avrebbero potuto dedurre un sacco di cose, ma lui che ne sapeva?

L'unica notizia utile che gli aveva dato il Barzaghi, ammesso che ci si potesse fidare di lui o che non fosse rincoglionito (e la faccenda del silicone portava un pochino in questa direzione), era che quel muro lui lo aveva visto nel 1993, e che quindi il fatto doveva essere avvenuto prima. Ma quanto prima? Barzaghi diceva non prima del 1989, perché prima lì abitavano i suoi genitori.

Beh, e questo che significava? E se erano stati loro?

Se insieme agli scheletri si fossero ritrovati dei vestiti, o qualche oggetto personale, o un anello, per non parlare dei documenti, allora magari si sarebbero potute sapere molte cose. Già, ma perché non era rimasto niente? C'era da fidarsi del Barzaghi? Oppure il seppellitore aveva spogliato le vittime e buttato via tutti i loro effetti? Oppure i tre erano finiti là dentro già tutti nudi?

Mamma mia, anche se la cosa doveva esser avvenuta molti anni prima Consonni aveva i brividi. Osservando quelle tre spoglie comodamente sdraiate sul suo letto pensò di riportare gli scheletri dal Barzaghi e di chiamare le forze dell'ordine. Che cosa avrebbe potuto fare lui?

Consonni, istupidito, osservava quei teschi che sembravano guardarlo con una espressione sorniona, gli ricordavano che tutto è vanità, come è ovvio.

La scena poteva risultare macabra, ma Consonni non ne era particolarmente turbato.

Non saprei dirvi perché ma la visione degli scheletri sul suo letto ebbe su Consonni un effetto addirittura rigenerante. Non gli provocarono per niente né tristezza, né malinconia, bensì una sorta di eccitazione, di euforia. Aveva quasi dimenticato tutti i suoi malanni più o meno da dimostrare.

Non aveva mai visto delle ossa umane in vita sua, se non in fotografia, su qualche libro. Oddio, per dir la verità di ossa umane ne aveva viste una caterva, tutte in una volta, quando erano andati in gita organizzata a Praga, nel 2003, con la Luigina ancora viva. Il tour operator prevedeva una escursione alla chiesa di Sedlec, a un paio d'ore dalla capitale. Quella chiesa antica era una delle mete turistiche più frequentate, a quanto dicevano, soprattutto dagli italiani. Ecco, la chiesa era tappezzata di ossa, di teschi, di scheletri, messi nelle combinazioni più strane, come elemento decorativo. C'erano le tradizionali morti secche, con il teschio che domina su un paio di tibie incrociate, ma addirittura dei lampadari costituiti tutti di ossa, o dei festoni decorativi fatti di femori, ulne, e mille altre invenzioni. Ma chi era che l'aveva messa in piedi, un prete?

I membri del torpedone di italiani cui apparteneva Consonni, uno fra i cento che visitavano l'ossario, durante la visita non sapevano se ridere o se rammaricarsi. Ma come, tutte queste ossa qui messe come sull'albero di Natale? Comunque tutto il gruppo di turisti in quel lugubre luogo fu preso da una strana allegria, nonché dalla voglia di sparare battute. Anche il Consonni, che nel complesso quella quattro giorni in Cecoslovacchia, o come si chiama adesso, non l'aveva gradita più di tanto, era stato preso da una folata di buon umore. Saranno stati gli scheletri di per sé?

Vanità delle vanità, tutto è vanità...

Improvvisamente sentì bussare alla porta. Chi poteva essere? Naturalmente era Angela, che si stupì che Consonni avesse chiuso a chiave il portoncino di ingresso. Cosa stava tramando? Un'idea ce l'aveva.

Consonni si smarrì, con quei tre scheletri sul letto, nel suo delirio temeva che se li avesse lasciati soli quelli si sarebbero messi a fare cose sporche sul lettone.

Scosse la testa, si ricompose e andò ad aprire ad Angela, che era molto curiosa.

Consonni praticamente non la fece entrare e la tenne sulla porta, sostenendo che Enrico si era appena addormentato e che se si fosse svegliato sarebbe stata una tragedia.

Angela interpretò questo clima di segretezza come se Consonni volesse farle una sorpresa, l'angoliera, appunto.

Tornando al suo appartamento non era scontenta, perché pensava: «Ma che amoroso, mi ha comprato l'angoliera e mi vuole fare una sorpresa, magari ora è lì che la riveste di carta preziosa. Ma che amoroso...».

Però nella casa di ringhiera c'era un'altra persona che rifletteva su questi accadimenti, dalla sua finestra si era trovata ad esserne testimone, e pensava cose diametralmente opposte.

Consonni dopo aver chiuso la porta era tornato in camera sua, ed aveva sviluppato un altro paio di riflessioni sugli scheletri, appuntandole sul suo piccolo quaderno.

Poi aveva riposto gli scheletri nell'angoliera, così com'erano, senza cellophane. Le ossa battevano l'una contro l'altra facendo un rumore secco. I teschi sembravano guardarlo e ridere di lui, ma questo effetto i teschi umani lo hanno sempre fatto.

Alla fine, esausto per quella giornata, e del tutto inquieto per la segreta presenza in camera sua, Consonni indossò il pigiamino e si lavò i denti. Sarebbe riuscito a dormire, con quegli scheletri in camera? Pareva molto difficile. Si mise a letto, poco convinto, afferrò il primo libro sul comodino, lo teneva davanti a sé, ma non lo leggeva.

L'indomani avrebbe fatto in modo che il Barzaghi se li riportasse via, questo era poco ma sicuro. Ma era ben strano un fatto, due degli scheletri, quelli più grandi, erano praticamente identici, ma possibile? Cos'è che erano, gemelli?

Intorno alla mezzanotte, quando stava per cedere al sonno, percepì la presenza di qualcuno nei pressi della porta di camera sua.

«Eh, chi è, che c'è?».

Intravide una piccola ombra che stazionava nell'arco della porta.

«Nonno, dormi?».

Consonni accolse Enrico nel lettone, cosa che secondo i parametri di Caterina era pratica vietatissima, e lo fece dormire lì, accanto a lui. Il bambino era un po' caldo? Sì, era un po' caldo, ma a questo punto che fare? Il voluminoso corpo del Consonni infossava un po' il materasso, tanto che Enrico gli scivolò a ridosso. Il contatto corpo a corpo fece bene a Enrico, che si addormentò all'istante, ma fece bene anche al nonno, che a sentirsi addosso questo animalino piccolo prese anche lui sonno, un sonno inquieto ma sodo.

Venerdì 19 dicembre

Alle sette e dieci del mattino De Angelis indossò il cappotto, il cappello e i guanti da guida, il dado era tratto. Stava albeggiando quando con decisione aprì la portiera della BMW col telecomando. Si dispose al posto di guida, regolò il sedile, sistemò con il dispositivo elettronico la posizione dei retrovisori.

Tirò il fiato e si fece forza, mise in moto e per qualche secondo fece come i bambini quando fanno finta di guidare sulla macchina del papà.

L'auto ronzava ai bassi regimi, pronta a urlare, bastava sfiorare l'acceleratore, che musica il sei cilindri...

Alle sette e mezza circa si era immesso sulla tangenziale, dall'ingresso Lambrate, e procedeva in direzione sud, a velocità normale, quella consentita, teneva sotto controllo gli autovelox. Pensando che subito dopo un autovelox non ce ne potesse essere immediatamente un altro, dette una acceleratina, in terza velocità. Che impressione! Gli sembrava che la macchina gli avesse dato un calcio nella schiena, rallentò subito, ma un signore alla guida di una Audi3 lo guardò con rispetto. Che non si mettessero a fare gli spiritosi con lui.

Terrorizzato dall'idea di allontanarsi troppo, all'altezza di San Donato uscì dalla tangenziale e la riprese all'indietro, in direzione nord, forse era il momento di tornare a casa. Lo superò una Golf GTD di qualche anno prima, lui scalò di marcia, tirò una terza fino ai 150 e lo bruciò vergognosamente. All'uscita di via Rubattino cambiò idea di nuovo, si vive una volta sola, suo nipote non si alzava mai prima delle dieci, aveva tutto il tempo. Così ripartì in direzione sud, e questa volta, con rapidità, raggiunse San Giuliano Milanese e poi l'innesto nella A1, Autostrada del Sole.

Qui sì che si può fare un po' di velocità, pensò, e senza alcuna difficoltà, e forse senza neanche rendersene conto, toccò i 175 all'ora, era in piena estasi. La sua amata Opel Vectra ai 175 non ci era arrivata mai, nonostante ci avesse provato svariate volte. Neanche ai vecchi tempi era mai riuscito a superare la soglia dei 170.

Con un colpetto di acceleratore giunse fino al casello di Melegnano, poi cominciò a preoccuparsi dei consumi della benzina. Bch, come diceva il computer di bordo se ti tenevi in quinta a 120 i consumi erano ragionevoli, ma se portavi una terza a 150 e poi arrivavi sui 190, beh, allora i consumi... ma chi se ne frega, pensava De Angelis, in trance estatica.

Arrivò a Casalpusterlengo senza superare di troppo i limiti di velocità, il motore ronzava che era una meraviglia, gli altri prima di superarlo lo guardavano con deferenza, anche se vedendo quel vecchietto alla guida del roadster pensavano inevitabilmente che chi ha denti non ha pane e chi ha pane non ha denti. De Angelis memorizzò tutti gli autovelox, poi tornò fino a Lodi e da lì riprese l'autostrada verso sud, di nuovo fino a Casalpusterlengo: qui accelerò e nel tratto dove non c'erano autovelox arrivò in pochi secondi ai 225. Che macchina! A un certo punto si trovò davanti una Mini Cooper, di quelle più veloci, con un ragazzetto a bordo. Questo viaggiava sui 185 e si sentiva un gran figo, De Angelis, garbatamente, gli fece una segnalazione con gli abbaglianti. La Mini, malvolentieri, si spostò e De Angelis dette gas, in quarta a 210 all'ora. Lo superò facilmente e la macchina sui 234 ne aveva ancora un bel po'.

Verso le 10 del mattino De Angelis fu di ritorno. Nonostante la sua gitarella, poco più di un centinaio di chilometri, gli fosse costata 35 euro di benzina, che aveva provveduto immediatamente a rifornire, si sentiva un dio.

Posteggiò con precisione la coupé nella piazzola, avrebbe avuto molto tempo per continuare a rievocare le prestazioni sue e della BMW.

Proprio mentre dava l'ultimo buffetto alla roadster incrociò il signor Claudio, meglio vestito del solito, addirittura sbarbato, che stava uscendo.

Quella mattina Claudio aveva deciso di farsi vedere in ditta, cercando di capire che aria tirava. Aveva pensato di presentarsi in ordine, per quanto possibile. Sul presto era andato dal barbiere a farsi barba e capelli. Poi aveva scelto con cura cosa mettersi addosso, un pantalone di velluto, una camicia bianca e il golf rosso nuovo di shetland. Sul luogo di lavoro ci andò a piedi, anche se ci voleva più di un'ora, per essere il più fresco possibile.

In ditta lo accolsero con calore, chiedendogli se si era rimesso. Dicevano che lo trovavano bene. Evidentemente non sapevano niente. Claudio disse che si sentiva meglio, anche se ancora era opportuno essere prudenti. Andò a parlare in amministrazione. A quanto pareva lo aspettavano per il giorno 22. Tornando a casa era abbastanza contento, rimandò il primo bicchiere alle ore 13.

Claudio non era del tutto inconsapevole della situazione nella quale a breve si sarebbe venuto a trovare. Sarebbe intervenuto un giudice, e i coniugi si sarebbero presentati presso di lui ciascuno con il suo avvocato. A proposito, lui l'avvocato non ce l'aveva, a chi poteva rivolgersi? Donatella avrebbe fatto istanza per chiedere la separazione legale, con tutte le sue motivazioni. Quando sarebbe successo? Molto presto.

In poche parole quella stronza, che lo voleva morto e che gli aveva fatto quello che gli aveva fatto, sarebbe stata perfettamente in grado di convincere il giudice che era lui il pazzo alcolizzato, e che quello che lui raccontava su ciò che era capitato, su quello che gli avevano fatto, erano atroci fantasie deliranti, una ragione di più perché quest'uomo fosse sistemato a dovere.

Claudio avrebbe sostenuto che la moglie, plagiando anche i due figli, aveva ordito un piano per liberarsi di lui. Facendo credere che lui se ne fosse andato di sua spontanea volontà, lo aveva segregato in modo tale da toglierselo di torno una volta per sempre.

E chi avrebbe creduto alla sua versione?

Il giudice avrebbe emesso un giudizio provvisorio, ma sicuramente la casa, di proprietà di Claudio, sarebbe stata assegnata a Donatella, con i figli, e Claudio se ne sarebbe dovuto andare da qualche altra parte, senza contare che avrebbe dovuto provvedere, per quanto era nelle sue possibilità, a versare un assegno mensile a Donatella per il mantenimento dei figli.

Comunque Claudio era contento della possibilità di tornare a lavorare.

Consonni di buon mattino era stato impegnato nella vestizione di Enrico, che opponeva resistenza. Riuscì a fare in modo che facesse colazione, e gli lavò il viso sommariamente, provò addirittura a pettinarlo.

Enrico si lamentava, chiamava Bubu, metteva i bastoni fra le ruote. Consonni impiegò un quarto d'ora per infilargli il termometro in bocca e convincerlo a tenerlo senza sputarlo per almeno tre minuti. Porca miseria, trentasette e otto. E come faccio adesso? Mica lo posso portare a scuola. Con tutto quello che ho da fare...

E gli scheletri? Quelli al più presto dovevano tornare al mittente.

Consonni provò ripetutamente a telefonare al Barzaghi, ma quel mammalucco non rispondeva. L'Amedeo, nel vedere che Enrico aveva accolto favorevolmente la notizia che non sarebbe andato alla materna e si era tranquillizzato, si rassegnò all'idea che in quella mattinata avrebbe potuto fare ben poco.

Così, piazzato Enrico sul tappeto a imbrattare dei fogli con i pennarelli, cioè a fare dei ritratti di Bubu, Consonni si mise a consultare il suo archivio personale, tante volte fosse venuto fuori qualche cosa riguardo a persone scomparse in Lombardia nel periodo a cavallo fra la fine degli anni Ottanta e l'inizio dei Novanta.

Che si immaginava di trovare? Non era uso conservare materiale su tutte le persone scomparse, a meno che non fossero chiaramente coinvolte in qualche crimine.

E così non avrebbe trovato notizie di una normale famigliola che alle nove di mattina si mette in macchina per andare a fare una gita al lago, però non viene più ritrovata l'auto né coloro che ci viaggiavano sopra. Oppure appartamenti occupati da tre persone che improvvisamente diventano vuoti. E lo stesso, tre viaggiatori che avrebbero dovuto occupare tre posti prenotati sul treno, ma questi non si erano fatti vedere e non lo avrebbero fatto mai più, eccetera eccetera. Non poteva trovare niente di tutto questo.

Ma forse era il suo approccio ad essere sbagliato: perché gli individui che cercava dovevano necessariamente essere scomparsi tutti e tre insieme, così come erano stati ritrovati? Se di mezzo c'era un serial killer, oh mamma mia, poteva aver fatto sparire le persone in questione una alla volta, anche a intervalli di tempo abbastanza lunghi, e poi averne raccolto le spoglie in tempi diversi, nello stesso posto, in quella cascina abbandonata. Magari il primo era stato messo lì dentro prima del 1990, il secondo un anno o due dopo, e il terzo anni dopo ancora. Chi poteva dirlo?

Consonni abbandonò il presupposto che i tre fossero scomparsi tutti in una volta, forse valeva la pena di cercare persone che erano sparite singolarmente, magari nella stessa zona.

Ma a quale regione circoscrivere le ricerche? Soltanto alla Lombardia? E perché mai? Quelle vittime potevano provenire da chissà dove, magari anche dalla Svizzera.

Consonni tirò fuori tutti i faldoni relativi alle persone scomparse. Non erano pochi, e cominciò a sfogliarli.

Enrico ogni dieci minuti veniva a chiamarlo, per fargli vedere i suoi disegni, oppure per chiedergli di farne uno lui. Consonni non era un fenomeno nelle arti grafiche, però se la cavava soprattutto nelle sagome stilizzate. Prima fece un topo, poi un gatto, poi, distratto com'era dai suoi pensieri, fece un teschietto, che attirò subito l'attenzione di Enrico.

«E questo che cos'è?».

Consonni adornò il teschio con due ossa messe in croce, colorò il fondo di nero e disse che era la bandiera dei pirati.

«Bella, nonno, la bandiera dei pirati. Me ne fai ancora?».

Il nonno le fece, mettendo più cura nella realizzazione dei particolari. Fu un'ottima idea quella della bandiera dei pirati. Enrico si mise a disegnare, copiando il modello, e per una buona mezz'ora fu occupato a realizzare una moltitudine di teschi, con i denti che sembravano grate metalliche.

Consonni ebbe modo di tornare alla sua documentazione. La carta era tanta, ma le notizie interessanti poche. Anche perché nei suoi dossier insieme al ritaglio di giornale relativo alla scomparsa di una persona di solito c'era anche un altro ritaglio o più, relativi al ritrovamento del cadavere, quasi sempre reso tale da morte non naturale. D'altra parte il suo era un archivio di crimini, non delle Persone Scomparse. In certi casi viene addirittura diramata prima la notizia del ritrovamento del corpo, rispetto a quella che detta persona non si trova più.

Gli pareva di girare un po' a vuoto. Per un motivo o per l'altro non gli sembrava che nessuno dei casi da lui archiviati potesse combaciare con uno o più di uno degli scheletri trovati dal Barzaghi.

Finché non uscì fuori un incartamento, quello Ingegner Viganò-Montevecchia. Ehilà, pensò Consonni, Montevecchia è a due passi da Rovagnate.

L'ingegner Viganò era scomparso nel marzo del 1992, e non era mai stato ritrovato. Si trattava di un manager di alto livello che lavorava fianco a fianco con un personaggio che poi negli anni successivi sarebbe diventato molto famoso, addirittura sul piano nazionale. A quanto pareva i due erano soci in affari, grandi investimenti speculativi in certe aree del Milanese, tutta una serie di affari assai avviati, agli occhi del Consonni e non solo suoi avvolti in una certa nebulosa, a questo punto impenetrabile, a distanza di vent'anni. Ma questo ingegner Viganò non era mai più saltato fuori. E, molto interessante, l'ultima volta che lo avevano visto era dalle parti di Olgiate-Molgora, che è a mezza strada fra Montevecchia e Rovagnate. Però, una bella coincidenza.

C'era, all'epoca, chi diceva che fosse scappato a Santo Domingo, altri che lo davano per residente in Kenia, altri ancora – i giornali si abbandonavano a qualsiasi ipotesi – che fosse stato ucciso.

D'accordo, il Viganò abitava a poca distanza da Rovagnate, ma quel signore aveva una quarantina d'anni. Poteva anche disporre di una dentatura giovanile, questo era possibile, ma in quel caso, chi erano gli altri due?

Dai commenti della carta stampata sembrava ovvio che si trattasse di un complotto politico-finanziario. Dopo aver spulciato le cronache dell'epoca Consonni capì che le vicende dell'ingegner Viganò erano piuttosto complesse. C'era di mezzo di tutto: tangenti ai partiti politici, corruzione per le concessioni edilizie di una enorme quantità di lotti a nord-ovest di Milano, magistrati a lui favorevoli, altri a lui contrari...

Insomma pareva che al momento della sua scomparsa l'ingegnere fosse al centro di un groviglio di faccende che non in pochi definivano torbide. Sembrava che il suo nome comparisse in una mezza dozzina di inchieste giudiziarie. In sintesi, se Consonni aveva capito bene, pareva fosse lui il mediatore di una megatangente (svariate decine di miliardi di lire) e che lui fosse scomparso proprio quando...

I miliardi se li era tenuti per sé ed era fuggito con quelli? Questa era una delle ipotesi, ma la cosa strana era, almeno pareva, che fosse scomparso proprio il giorno prima di recarsi in Procura a deporre sulle vicende del Macrolotto.

E sull'eventualità che la megatangente non fosse arrivata a destinazione nessuno si era lamentato. E se invece l'ingegnere fosse stato fatto sparire? E da chi? E perché? Per quello che sapeva? Non è che, trattandosi di costruttori, era finito dentro un pilone di calcestruzzo?

Consonni si stava affezionando all'idea che uno dei suoi scheletri appartenesse all'ingegner Viganò, soprattutto per gli evidenti riscontri in termini di tempi e di luoghi.

Ma gli altri scheletri?

Beh, poteva trattarsi di figure secondarie coinvolte e collegate. Sul giornale aveva letto che c'era un altro personaggio equivoco, un faccendiere, tal Velazzi Daniele, nato a Carate Brianza, molto legato all'ingegnere per certe operazioni finanziarie, il quale se ne era scappato via e che nessuno era stato più capace di rintracciare. C'era da dire che quello lì se l'era svignata col malloppo e che prima di partire aveva fatto le valigie, con biancheria e guardaroba al completo, e che inoltre aveva imboscato una bella quantità di liquidi, svariati miliardi di lire che era riuscito a rastrellare dopo aver truffato qualche centinaio di investitori. Aveva preso un aereo per Bucarest, non molti giorni prima della scomparsa dell'ingegnere. Ma chi poteva provare che le cose non fossero andate diversamente, ovverosia che su quell'aereo non ci fosse affatto il faccendiere ma un'altra persona? E se su quell'aereo (qualcuno quell'aereo con un biglietto a suo nome l'aveva preso, ma all'epoca si poteva viaggiare anche con un biglietto senza nome, o con un nome altrui) ci fosse salito qualcun altro? E se cioè anche il faccendiere non avesse per nulla lasciato il suolo lombardo, anzi ad esso fosse rimasto assicurato per sempre?

E infine c'era il terzo scheletro, che per l'appunto, secondo Consonni, doveva appartenere a una donna.

Era scomparsa anche una donna?

Difficile dirlo, di persone legate all'affare ne erano svanite anche altre, persone che più che scomparse si erano date alla macchia. Una donna effettivamente c'era, era la segretaria di un notaio, il notaio Nutti, che aveva seguito una pletora di compravendite dell'ingegnere. Detta segretaria era espatriata più o meno nello stesso periodo. A quanto pareva se ne era andata in Inghilterra, non era né morta né svanita. La cosa che sorprese di più il Consonni era come si chiamava quella signora o signorina di cognome: si chiamava Consonni. Non c'era da stupirsi, di Consonni ce ne sono tanti, ma dove? Siamo sempre nella stessa zona. La Brianza, e una certa Brianza.

Comunque la tipa se ne era andata per sfuggire a un mandato di arresto, per corruzione nei confronti di alcuni funzionari pubblici, a quei tempi non si andava per il sottile.

Ma siamo sicuri che quella persona che comunicava da Londra fosse veramente lei?

Consonni non si orientava più in tutto quel guazzabuglio, d'altronde eravamo agli inizi degli anni Novanta, di storie del genere sul giornale ne comparivano in ogni momento.

Ma era quella la pista giusta?

A Consonni sarebbe piaciuto che lo fosse, e si convinceva sempre di più che quegli scheletri andassero consegnati alla Polizia, ma come avrebbe spiegato che ce li aveva lui?

No, andavano rimessi al loro posto.

Cosa già difficile in sé.

E come dimostrare che quegli scheletri erano stati effettivamente trovati in quella cascina? Quel cretino del Barzaghi sicuramente aveva già reso irriconoscibile il vano fra le due mura.

E poi c'era il fatto delle dentature. Possibile che nessuno dei tre, che a quanto pare erano tutti attorno ai quaranta, non avessero neanche un'otturazione, un ponte, un impianto?

Beh, forse su questo tema anche uno come Consonni poteva attingere a delle informazioni.

Per questo dopo avrebbe avuto la malaugurata idea di telefonare alla moglie dell'ingegnere, per chiederle notizie della sua dentatura. Chissà se era ancora viva e abitava ancora lì. E poi, quanti Viganò ci sono in Brianza?

Occorre qui fare un breve intermezzo sulla questione dei rapporti fra memoria e alcolismo: si usa dire che si «beve per dimenticare» e questo è un modo semplice per affrontare un problema complesso, comunque non siamo tanto lontani dalla verità. L'abuso di alcol può portare a delle amnesie totali, che vengono chiamate black-out. Si vedano a proposito gli studi di John Goodwin. Il soggetto in stato di sobrietà non si ricorda assolutamente niente di quello che ha fatto in precedenza in stato di ubriachezza, per lui non è successo niente. Ma la cosa più interessante è che in certi casi il soggetto, quando ritorna in stato di ubriachezza, si ricorda quello che non si ricordava assolutamente in stato di sobrietà.

Il black-out è quello che era successo a Claudio relativamente a ciò che aveva pianificato e cominciato a mettere in atto il giorno dopo che la famiglia aveva abbandonato la casa, ma di questo parleremo meglio fra poco, perché nella casa di ringhiera in quel momento stava facendo il suo ingresso uno sconosciuto in borghese.

Ad un'ora per lei inspiegabile, trattandosi delle 14 e trenta del pomeriggio, qualcuno bussò alla porta della signorina Mattei-Ferri.

«Chi è?».

«Comune di Milano. Ufficio sanità pubblica, è la signorina Mattei?».

Ecco, lo sapevo, pensò la Mattei-Ferri, sono arrivati. Mi vogliono cogliere sul fatto, ma stanno freschi.

Aveva attaccato alcune radiografie gigantesche alle finestre, per controllarle meglio, e il risultato era che in casa c'era una grigia penombra.

«Buongiorno signorina, come sta?».

«Ma che fa, mi prende in giro? Non lo vede come sto?».

L'incaricato del Comune era un giovinotto di poco più di vent'anni. Era lì per una richiesta di accompagnamento fatta due anni prima. Lui non sapeva niente, ma la Mattei-Ferri era sicura che si trattasse di una spia, ed iniziò una sceneggiata sulle sue infermità.

«Signorina, signorina, stia calma, sono qui solo per somministrarle un questionario. È per il suo bene, vede qui ho dei moduli, lei li deve solo riempire, mi hanno mandato qui apposta, stia tranquilla».

«Tranquilla io? E lei si sentirebbe tranquillo se fosse al mio posto? Ma mi faccia il piacere... Moduli? Che moduli?».

Per lei era chiaro trattarsi di una trappola.

«Mi porti di là che c'è un tavolino. Mi avvicina la penna? Ah, che male, mi passerebbe le medicine, vede, là sopra, poi se mi prende cortesemente un bicchier d'acqua in cucina... Non faccia caso allo sporco e al disordine, del resto, nelle mie condizioni, cosa vuole, che li faccia io, i mestieri?».

La signorina si mise a scrutare il questionario, quindi lo riempì senza pietà, cercando per ogni domanda di barrare la risposta che rappresentava l'opzione più grave.

«Ma lei è incontinente?» le chiese il ragazzo, vedendo il disporsi delle crocette. «Perché non ha fatto domanda per il servizio di consegna a domicilio dei pannoloni?».

«Incontinente sarà lei» rispose istintivamente la Mattei-Ferri.

«Ma come, se non è incontinente allora perché qui mi ha messo...».

«Cosa vuol dire, che sono autosufficiente? Io? Ah, signore, perché non mi fai morire? Aveva ragione Hitler, gli anziani, non che io sia anziana, ma insomma le persone che hanno delle infermità gravissime, vanno eliminate, per la società sono solo un peso, è così che la pensa? La pensate anche voi come Hitler?».

«Ma signora, io non c'entro niente, io devo solo somministrarle un questionario, io sono tre giorni che faccio questo lavoro».

«Ah, è così che pensa di cavarsela? Mi faccia finire questo questionario, tanto per quello che vale. La gente viene lasciata morire, e poi gli fanno i questionari. Vede quelle radiografie? Ecco, quella sono io, e presto assomiglierò molto a quelle fotografie, quando trapasserò, e sarò uno scheletro. E lei, dove sarà in quel momento? A somministrare i suoi questionari... Ah...».

Il ragazzo era destabilizzato. Non sapeva più che dire, però in qualche modo il questionario era riempito. La signorina dava segni di soffrire di dolori terribili.

«Beh, signorina Mattei-Ferri, la ringrazio, mi dispiace per le sue condizioni, io...».

«Senta, io penso che lei sia un bravo giovane, non ha colpa di tutti i torti che io mi trovo a subire. Senta, me lo farebbe un piacere? Mi farebbe un salto in edicola? Me lo comprerebbe l'ultimo numero di *Chi*? Qui in questo casamento son tutti bravi, ma c'è qualcuno che ti aiuta? Ecco, lo faccia presente nel questionario. C'è una riga puntinata con scritto Altro? Ecco, ci metta, condomini assolutamente non collaborativi. Ce lo metta. Ce l'ha messo?».

Il ragazzo era completamente frastornato. «Beh, se vuole, è vicina l'edicola?».

Così se ne uscì, in cerca del giornalaio. Incrociò Consonni, che era uscito per qualche minuto e che si fermò, perplesso, davanti alle radiografie appese alle finestre della Mattei-Ferri. Radiografie? Eh, ad averne di radiografie, se solo...

Doveva correre a telefonare alla signora Viganò, il numero se l'era procurato con l'892424. Ma sarà stata lei?

«Pronto, chi parla?».

«Buongiorno, parlo con la signora Viganò, la signora Maria Giovanna Viganò?».

«Sì... Maria Giovanna Cassina in Viganò. E io con chi parlo?».

«Mi scuso, signora, noi non ci conosciamo, mi chiamo Amedeo Consonni, ma forse lei ha sentito parlare di me...».

«No, io non credo, ma perché avrei dovuto sentire parlare di lei?».

«Beh, ha sentito parlare del caso della Sfinge di Lentate?».

«Sfinge di Lentate... ma dove, Lentate sul Seveso?».

«Esattamente, ha seguito il caso?».

«No, ho sentito parlare delle Piramidi di Rovagnate, ma della Sfinge no, ma lei che cosa desidera?».

Consonni rimase veramente stupito della coincidenza, se si trattava di una coincidenza. Come faceva la signora a sapere delle Piramidi di Rovagnate, a pochi metri dalle quali probabilmente suo marito era stato murato vivo?

«Ecco, no, beh... non importa, volevo solo farle una domanda su qualcosa che riguarda il passato... se la cosa non disturba, è che sto lavorando a delle ricerche storiche, su fatti avvenuti una ventina di anni fa... se non è troppo disturbo...».

La signora mantenne qualche secondo di silenzio.

«Lei mi vuol parlare di mio marito? Ancora?».

«Beh, una cosa semplicissima, le prendo meno di un minuto, sa, sono cose che non si trovano sulla stampa...».

«Senta, sono anni che non parlo più di mio marito, qualsiasi cosa sia successa a quel figlio di buona donna, e ovunque si trovi. Quindi mi dispiace ma la nostra conversazione si chiude qui, non vorrei essere scortese, ma la saluto... e comunque, quale sarebbe stata la domandina semplice semplice? E chi le ha dato il mio numero?».

Consonni si sentiva enormemente a disagio, ma comunque la domanda la fece, in fondo bastava un sì o un no.

«Beh, vede, sa, noi i numeri telefonici... volevo solo chiederle se il compianto ingegner Viganò aveva protesi dentarie, o qualche otturazione».

«Protesi dentarie? Ma perché, l'hanno trovato? Perché ha detto compianto?».

«No, assolutamente no, almeno che io sappia, io sto solo ricostruendo il periodo storico...».

«... protesi dentarie... no, non mi pare, aveva una splendida dentatura... ma perché, l'avete ritrovato? Mi dica... avete ritrovato il cadavere? Guardi che per me sarebbe una liberazione, sa?».

A quel punto Consonni capì che la signora non avrebbe chiuso immediatamente la telefonata e si sbilanciò:

«Sa, ufficialmente non le posso dire niente, ma stiamo facendo delle ricerche, incrociamo i dati. Lei ha qualche caratteristica fisica importante da riferirmi sull'ingegner Viganò, che ne so, un segno particolare?».

«Ma lei come ha detto che si chiama?».

«No, dicevo, nessun segno di riconoscimento?».

«Ma lei lo sa che se fosse stato ritrovato il corpo per me si risolverebbero un sacco di problemi? Lo sa che mio marito non è ancora stato riconosciuto morto? Lo sa che cosa significa? Comunque il Guglielmo un segno particolare sì che ce lo aveva, aveva una enorme voglia di cioccolato dietro il collo. Allora, è lui? È vivo? È morto?».

Una voglia? E come faceva il Consonni a trovare una voglia sullo scheletro?

La signora si mise a fare una tirata... che era la centesima volta che da qualche parte del mondo venivano delle segnalazioni, ma che non si era arrivati da nessuna parte, e che quello stronzo... eccetera eccetera.

Consonni mentre ascoltava irretito aveva davanti a sé una fotografia, dove era ritratto il Viganò, insieme a personaggi assai noti, uno notissimo, e il Viganò non sembrava superarlo in altezza. Cosa? Ma come aveva fatto a non pensarci prima...

«Beh... signora... quello che mi dice è molto importante, faremo delle ricerche... per il momento...».

«La voglia non ce l'ha, eh? Allora non è lui. Com'è che ha detto che si chiama?».

«Signora, per il momento la saluto, ma mi terrò in contatto, le farò sapere... se ci sono i necessari riscontri».

«Scusi, com'è il suo nome?».

Consonni chiuse la telefonata con altri salamelecchi, ma il nome non lo ripeté. Santa Madonna, bisognava stare più attenti. Magari nell'intimo della signora aveva sollevato delle speranze, quando invece... il Viganò non superava il metro e sessanta.

Senza farsi notare da Enrico, che peraltro aveva approfittato della telefonata del nonno per scivolare in cucina e fare un'ispezione accurata di tutti i detersivi nascosti sotto il lavello, annusandone il contenuto – che roba, alcuni di quei bottiglioni avevano appiccicata sopra la bandiera dei pirati! – Consonni corse in camera da letto e si chiuse dentro. Aprì l'angoliera, ed estrasse uno degli scheletri più grandi. Se lo provò addosso, come fanno le signore nei negozi di abbigliamento, davanti allo specchio. Era più alto di lui, che ai tempi arrivava a 1,77-1,78 cm. Era assai più alto del Viganò anche lo scheletro presunto femminile, si provò addosso anche quello.

Ah, che imbecille che sono...

Quegli scheletri devono andare via di qui, pensava Consonni, non so di chi siano ma se ne devono andare.

Alle 13,10, assai in ritardo rispetto all'orario consueto, Amedeo e il nipotino pranzarono, bucatini conditi col ragù di coniglio preparato da Angela. Alle 13 e 48 l'Enrico era davanti alla televisione a vedere i cartoni animati.

Secondo il codice ferreo stabilito da Caterina l'Enrico poteva guardare i cartoni solo per mezz'ora al giorno ma non prima delle quattro del pomeriggio. Ma a parte il fatto che lei non lo sarebbe mai venuta a sapere, non si poteva fare una deroga, visto che il bambino aveva la febbre? Il nonno era uscito di casa per un minuto e aveva bussato alla porta accanto per prendere accordi con Erika, alla quale aveva già accennato che avrebbe potuto aver bisogno di lei nel pomeriggio.

Dopo la telefonata alla signora Viganò Consonni si convinse che quegli scheletri dovevano essere rimossi dall'angoliera e consegnati al Barzaghi, che decidesse lui cosa farne, oppure alla Polizia. Soprattutto, quegli scheletri dovevano andare via da dove si trovavano, ma come? Era riuscito a parlare col Barzaghi per telefono, ordinandogli di venire immediatamente a riprendersi gli scheletri, ma quello sosteneva che ormai il vano dove aveva trovato gli scheletri lo aveva già demolito, lì ci venivano due bagni, e che comunque quel giorno non poteva muoversi. Insomma Barzaghi nicchiava, e allora Consonni stabilì che gli avrebbe comunque riportato gli scheletri, alla peggio glieli avrebbe lasciati nella cascina.

Ma come portarceli? Consonni non aveva la macchina. A chi chiedere una mano?

Forse ad Angela, che possedeva una Doblò adattissima alla bisogna. Ma Consonni non la voleva coinvolgere in questa storia, la voleva tenere fuori, anche perché lei chissà quante ne avrebbe dette, si sarebbe intromessa e inoltre si sarebbe lamentata che Consonni, invece di ascoltare attentamente la sua storia, se ne stava sempre lì a fare i suoi giochetti investigativi.

Forse Consonni avrebbe potuto chiedere a De Angelis di accompagnarlo, ma come, ora che quel vecchio aveva accantonato la Opel? E dove l'aveva messa? Al suo posto c'era una BMW argentata, nel cui bagagliaio striminzito gli scheletri non ci sarebbero entrati, se non facendoli a pezzetti. E poi anche quello era un impiccione...

Restava il signor Giorgi, a Consonni sembrava di ricordare che una macchina ce la avesse, una FIAT Punto. Non poteva sapere, anche se se lo sarebbe potuto immaginare, che al signor Claudio la patente era stata ritirata da un paio d'anni.

In realtà il signor Claudio gli doveva un favore. Uno strano favore. Sì perché, una decina di giorni prima, esattamente il giorno successivo a quello di tregenda in cui la famiglia del signor Giorgi aveva lasciato l'appartamento, il signor Claudio gli aveva chiesto un favore particolare, se gli andava a comprare una bottiglia di whisky. Il Giorgi era ubriaco fradicio, si vedeva benissimo, e quindi la cosa in sé non era molto strana, si sapeva che quel signore alzava parecchio il gomito. Al momento il Consonni era rimasto abbastanza sorpreso, doveva essere proprio lui a procurare l'alcol a quell'uomo che era messo così male e che aveva causato tanti problemi a se stesso e alla famiglia? Beh, se non l'avesse fatto lui avrebbe trovato un'altra strada, ma perché andare a comprare una bottiglia assai particolare, uno di quei whisky costosi che sanno di torba, un Talisker da ben 45 euro, e poi in quel negozio specifico, lontano dalla zona, e per di più senza farsi riconoscere? Non voleva che la famiglia lo sapesse? Comunque Consonni lo aveva fatto, forse per impedire che il Giorgi si cacciasse in altri guai, e aveva portato la bottiglia a Claudio, nella massima segretezza. Vabbè, una persona in difficoltà la si può sempre aiutare, certo che a Consonni era parso strano che Claudio volesse bere un liquore così costoso, quando di solito si accontentava di prodotti di basso livello.

Tuttavia c'era un problemino ancora irrisolto, che quei 45 euro li aveva anticipati il Consonni medesimo, e il Claudio non aveva nemmeno fatto cenno all'eventualità di restituirglieli.

Quando Consonni bussò alla porta di Claudio, quello gli aprì con diffidenza, chissà di chi pensava si trattasse, era tutto sudato, in mutande e maglietta a maniche corte, che stesse facendo ginnastica?

«Ah, buonasera signor Consonni, qual buon vento?...».

Consonni era un po' imbarazzato, temeva soprattutto di mettere in difficoltà il signor Giorgi, dopo tutto quello che era successo, intorno a lui si era fatta un po' di terra bruciata, checché se ne dica della solidarietà.

Ma Consonni era in buoni rapporti più o meno con tutti e anche il signor Claudio gli portava rispetto. Lo fece accomodare. La casa era un po' squallida, ma pulita. A quanto pareva molte cose erano state portate via.

L'Amedeo, non sapendo come attaccare, notò che la poltrona, quella su cui Claudio usava accasciarsi dopo i suoi eccessi, era rovinata, la stoffa era cadente, l'imbottitura priva di tono. Peraltro ai vecchi tempi doveva essere stata una bella poltrona, rivestita di velluto rosso.

«Eh, ma questa poltrona qui avrebbe bisogno di un po' di manutenzione, se vuole gliela rimetto a posto io, devo avere giusto uno scampolo di velluto bordeaux che mi è rimasto, è un peccato...».

Claudio era incerto. Ma che, era venuto per dirgli quello?

Consonni si accorse che il signor Claudio era sobrio e ne fu felice. Si affrettò a precisare che non era venuto per quella storia dei 45 euro, ma che voleva chiedergli un favore, se glielo poteva fare.

«Quali 45 euro?» replicò confuso il Giorgi, mettendo in confusione anche Consonni. Quest'ultimo aveva poca dimestichezza con gli alcolisti e non sapeva, come noi invece sappiamo già, che Claudio realmente non si ricordava del fatto di quella bottiglia, e dei relativi 45 euro, la sua sorpresa non era per niente simulata.

Ma venuti alla richiesta del favore da parte di Consonni, Claudio si trovò costretto a rispondere che della macchina non disponeva più, non sapeva neanche che fine avesse fatto, se ne fosse stato in grado lo avrebbe aiutato volentieri, ma purtroppo...

Consonni parve un po' deluso, mentre Claudio lo invitò ad accomodarsi: «Che cosa le posso offrire, una tisana rinfrescante?».

L'altro accettò, sorpreso, anche e soltanto per la possibilità di avere qualche minuto per riflettere.

Sul tavolo di Claudio c'era un enorme monitor.

Consonni sapeva che il signor Claudio, almeno fino a che non era caduto nel baratro dell'alcol, era un cosiddetto mago del computer.

Alcuni nella casa di ringhiera, i più informati su queste cose, dicevano che c'era un nesso fra le due cose. Coloro che passano tante ore davanti al computer sono dei compulsivi, così come quelli che bevono.

Sia come sia negli ultimi giorni, da che era rimasto solo, il Claudio aveva ripreso un po' di contatti col suo computer domestico, anche in funzione del suo ritorno al lavoro.

«Ma lei di Internet è pratico?» disse Consonni. «Vede, io di Internet non ci capisco niente. Certe volte mi faccio aiutare dalla bibliotecaria per navigare un po', ma quella è una ficcanaso, e poi non ci capisce niente nemmeno lei, avrei bisogno di fare certe ricerche, non è che lei mi potrebbe dare una mano?».

Claudio fu sorpreso della richiesta, ma nel frattempo aveva già avviato il computer.

«Dica pure, non c'è problema, basta che non siano cose... insomma, ci siamo capiti, sa, con i tempi che corrono...».

«Ma no, cosa va a pensare, lo potevo chiedere anche all'Angela, lei si vanta di capirci qualche cosa, ci ha l'ADSL, ci ha tutto, lo sa che va anche su Facebook? Però non volevo darle pensiero, insomma, non volevo farle perdere tempo, invece, a lei che è un professionista, non è che chiedo un piacere, vorrei proporle una collaborazione, ma lei mi deve dire subito qual è il compenso che chiede».

«Ma signor Consonni, ma cosa vuole fare, entrare nel sito del Pentagono? Ma che ricerche ha da fare? Ma figuriamoci... il compenso...».

«Ora le spiego, ma io non voglio abusare del suo tempo... e se facessimo che io le rimetto a nuovo la poltrona, in cambio di quello che le chiedo?».

«Ma va bene, va bene, non si preoccupi, ma quali sono queste ricerche che lei deve fare?».

«Beh, avrei bisogno di sapere quali persone sono scomparse senza lasciare traccia dal 1989 al 1992, facciamo 1993, in Lombardia e anche in Italia, almeno per ora, ma soprattutto in Brianza, le sembra una cosa possibile?».

Erano le 16 e trenta.

Enrico aveva la febbre, che nel pomeriggio notoriamente sale e che in questo momento era abbastanza alta. Se ne stava buono buono nel lettone in camera del nonno, a guardare la televisione. La TV in camera? Nel codice prescrittivo della sua mamma guardare la televisione dal letto era peccato mortale, e così adesso Enrico si godeva alla grande questa grave trasgressione, lasciando andare i suoi piccoli pensieri in libertà, scoprendo la mente ai molteplici messaggi subliminali volti a fargli desiderare qualche cosa di inutile.

Le immagini televisive si confondevano un po', le vedeva ma non le guardava, fra il sogno e la veglia, e il bambino aveva lo sguardo assente di un fumatore d'oppio, anche perché il nonno gli aveva dato lo sciroppino. Uno di quegli sciroppi che rintontiscono e dei quali nessun genitore moderno si azzarderebbe oggi a dare una cucchiaiata a un bambino piccolo, cosa che invece un tempo si faceva senza pensarci troppo. Quegli sciroppi facevano passare la tosse e tranquillizzavano moltissimo. Questi nonni incoscienti...

Nonostante in quel particolare momento di torpore Enrico fosse un po' rintontito, non era uno al quale la si facesse facilmente. Nelle lunghe ricerche dedicate al ritrovamento di Bubu aveva capito benissimo che il nonno non voleva mai aprire quel mobile di legno che stava in un angolo e che prima non c'era. E aveva anche notato che il nonno aveva infilato una chiave misteriosa nella tasca della vestaglia, come fanno tutti, le chiavi si nascondono sempre nella tasca della vestaglia. Enrico, anche per questioni di età, non era in grado di fare una simile induzione dal particolare al generale, però, appena poté, cioè appena capì che la baby-sitter non si interessava a lui perché guardava un programma musicale alla televisione del salotto, si alzò dal letto e chiuse la porta della camera del nonno, mettendosi subito all'opera, nella semioscurità parzialmente illuminata dal chiarore dell'apparecchio televisivo acceso. Recuperò facilmente la chiave, poi spostò un puff rivestito di seta shantung ocra e lo dispose davanti all'angoliera, si dette da fare con la chiave e in breve riuscì ad aprire la serratura. A causa della febbre e dello sciroppino si sentiva strano, ma aveva una cosa ben precisa in testa.

«Bubu, sei qui?» domandò, cercando di mettere a fuoco.

Gli scheletri stavano lì, immobili, attaccati per il cranio alla sbarra, sembravano indifferenti a tutto, ma la lieve decompressione suscitata dall'apertura della porta dell'angoliera li fece muovere, li fece ondeggiare a ritmo, sinuosamente, tanto che le ossa ticchettavano quando si urtavano, con un suono secco e leggero. Gli scheletri parevano ridere di quei movimenti, se la ridevano anzi della grossa, e con quelle braccia e quelle gambe che oscillavano da tutte le parti sembrava che facessero il verso a qualche danza africana impacciata, della quale si facevano beffe.

Enrico si stropicciò gli occhi. Ma chi erano?

Improvvisamente gli scheletri smisero di muoversi. Erano tutti e tre fermi immobili, che cosa stavano aspettando?

Dalla stanza accanto, dalla televisione, arrivò una musica ad alto volume, una musica frenetica con una signora che cantava così.

Ballo, ballo, ballo senza respiro,
ballo, ballo, ballo
m'invento un passo
che fa così, fa cosìììì, (fa cosììììì)

pazza, pazza, pazza
su una terrazza
porta, porta, portameeeee...

E poi diceva anche:

Sì, si può
mi vorrei un istante
riposare
per un po'
e poi subito ricominciare ricominciareeeee

Questa canzone, dal significato diremmo più pornografico che erotico e che quindi non dovrebbe essere trasmessa durante la fascia protetta, invase la camera da letto ed Enrico ne fu colpito. Gli pareva che la musica venisse da dentro l'armadio, e che a quella musica gli scheletri avessero cominciato a ballare. Erano un po' goffi, impediti, come necessariamente sono gli scheletri, ma è per quello che sono buffi.

Enrico si mise a sedere per terra, come in trance.

Uno dei due scheletri più alti sembrava volesse prendersi il teschio con le mani e staccarselo, ci provava e ci riprovava, gli altri due giravano su se stessi toccandosi la punta del cranio con il dito indice, come se su quello facessero perno per piroettare. Battevano i denti a ritmo e si staccavano fra di loro le braccia per usarle come martelli e picchiarseli reciprocamente in testa. Avevano un gran senso del ritmo e si usavano l'un l'altro come xilofoni. Poi si misero di nuovo uno accanto all'altro, si bloccarono a bocca spalancata, sembrò a Enrico che gli strizzassero l'occhio, ma come facevano, se non avevano gli occhi?

A un certo punto, mentre i tre saltellavano da tutte le parti, si inchinavano, facevano riverenze e sculettavano, si avvicinarono a lui. Uno dei tre gli fece una riverenza, lo prese per mano e lo invitò a unirsi al ballo. Ecco quali sono i risultati di un uso incontrollato della televisione con i bambini. Mentre la Carrà intonava «Ballo, ballo, ballo» Enrico si trovò coinvolto in un frenetico girotondo, quegli scheletri erano veramente simpatici.

Alla fine della musica ci furono altre riverenze e inchini, finché i tre ripresero posto nell'armadio e si bloccarono come morti.

Enrico li salutò, fece anche lui goffamente una riverenza, e gli parve di intravedere che lo scheletro più piccolo, che faceva finta di essere morto, gli facesse uno sberleffo.

Enrico non pareva essere traumatizzato da quello che aveva visto. Tutto sommato era contento di aver conosciuto questi nuovi amici segreti, comunque richiuse la porta dell'angoliera a chiave, ripose la stessa nella tasca della vestaglia del nonno e rimise al suo posto il puff. A quel punto andò in salotto, imbambolato dalla febbre, dallo sciroppino e dallo spettacolo cui aveva assistito, e ritrovò la baby-sitter dove l'aveva lasciata, davanti alla TV.

Caterina aprì la porta dell'appartamento di suo padre con le sue chiavi, cercando, malignamente, di fare più silenzio possibile. Era arrivata con quasi un'ora e mezza di anticipo, e sperava di prenderli di sorpresa. Chissà, magari trovava Enrico che mangiava segretamente le merendine proibite, oppure sorprendeva Consonni in atteggiamenti sdolcinati con quella là, oppure altre cose che non si immaginava ma che voleva scoprire.

E così fu. Entrando alla chetichella si sentiva soltanto il sonoro della televisione accesa, tutto il resto era calmo, si affacciò nel salotto e vide Enrico seduto sul divano, accanto a una signora giovane, erano entrambi intenti a guardare con un certo interesse i tronisti pomeridiani che si facevano belli con una serie di sciacquette.

«E lei chi è?» chiese sorpresa Caterina a Erika, che era stata nascostamente reclutata da Consonni come baby-sitter, per cifra netta di 8 euro l'ora.

Consonni avrebbe potuto chiederlo ad Angela, ma non voleva che lei si trovasse in casa in sua assenza, era un tipo curioso, e faceva un sacco di domande su quello che aveva portato il Barzaghi: «Di che cosa si tratta?» chiedeva, e pareva volesse ficcare il naso. Che avesse annusato qualche cosa di strano?

A Erika non era sembrato vero, 8 euro, uno in più di quanto non la pagassero per fare le pulizie, e non doveva fare niente. Poteva guardarsi la televisione in pace, sullo schermo a 32 pollici di Consonni, parabola e digitale terrestre, molto meglio del suo 17 pollici con l'antenna portatile.

E il bambino era buonissimo, non aveva bisogno di niente, se ne stava a guardare la TV, oppure a giocare da solo, o a fare i disegni, o a curiosare per la casa.

Fra l'altro Consonni le aveva intimato di non uscire con l'Enrico, perché aveva la febbre ed era meglio che non prendesse freddo. In realtà non sarebbe stato opportuno che altri sapessero che Consonni aveva reclutato Erika come baby-sitter. Ah, se lo fosse venuta a sapere sua figlia, per l'appunto.

Così alla domanda «E lei chi è?» Erika non sapeva se rispondere, viste le consegne che aveva avuto. Quindi chiese a sua volta: «Mi dica lei, chi è».

«Ah, siamo a questo punto... io sono la madre di quel bambino lì, lo sapeva che i bambini hanno una cosa che si chiama madre? E si dà il caso che sia anche proprietaria, in parte, di questa casa, la disturba? E mi vuole spiegare che cosa ci fa in casa mia?».

Erika se ne restò sul vago: «Bah, le spiegherà tutto il signor Consonni, io ho preso accordi con lui, non mi ha autorizzato a parlarne con nessuno».

Caterina stava per diventare idrofoba, poi pensò che lei era una signora, non una donnetta come quella lì che alla sua età faceva la baby-sitter – e come era vestita, poi, di un cheap inimmaginabile, con quei jeans a vita bassa da quattro soldi, ormai passati di moda da cinque o sei anni – e che quindi non valeva la pena mischiarsi mettendosi a discutere.

«Bene, lei può andare, mi dica quanto le devo» disse Caterina con degnazione, intimando nel frattempo a Enrico di prepararsi perché se ne andavano via.

Erika replicò che lei non poteva andarsene, perché era già stata pagata in anticipo dal signor Consonni, per rimanere lì fino alle cinque e mezza, sei.

«Non si preoccupi, se non le dispiace sono autorizzata a portare a casa mio figlio, o devo chiedere il permesso a lei?».

Enrico continuava a guardare la TV, atarattico e soprattutto indifferente a quella discussione. Solo al terzo violento richiamo della mamma si decise a muoversi, e si infilò il giaccone, mantenendo gli occhi puntati sullo schermo.

Caterina mentre vestiva Enrico si accorse che qualcosa non andava, gli toccò la fronte, era caldissima. «Ma signore mioddio, tu hai la febbre! Mamma mia, ci voleva anche questa! E il nonno, il nonno che ha fatto? Non ti posso lasciare dal nonno per una sera che qui ti viene la febbre. Ti ha fatto prendere freddo?».

Enrico era sempre piuttosto rintontito e catatonico.

Poi fece mente locale, aveva qualcosa da raccontare alla mamma.

«Mamma, mamma!» guaiva mentre arrancava per le scale, «lo sai cosa ha il nonno nell'armadio?».

«No, Enrico, la mamma non lo sa che cos'ha il nonno nell'armadio...».

«E lo vuoi sapere? Lo sai che è segreto?».

«Sì, Enrico, la mamma lo vuole sapere, muore dalla voglia...».

Enrico cercava di sfuggire alla sua presa mentre lei voleva assicurarlo al seggiolino con cintura di sicurezza.

«Lo sai che il nonno nell'armadio ha gli scheletri?».

«Che cos'ha il nonno nell'armadio?».

«Gli scheletri! Sono veri sai? Sono bravissimi, e sono anche simpaticissimi. Lo sai che ridono sempre?».

«Oh, signore mioddio...» commentò Caterina mettendo la freccia a sinistra.

Quando Consonni tornò, in casa c'era solo Erika.

«E l'Enrico?».

«È venuta a prenderlo la sua mamma, poco fa» disse Erika.

«Ah».

Consonni si accomiatò da Erika, poteva andare. Si chiuse in camera, voleva ispezionare gli scheletri, perché gli era venuta un'idea per la testa, ma subito lo chiamò Caterina al cellulare.

«Allora mi spieghi questa faccenda della baby-sitter, se la vogliamo chiamare così? Non ti sembrava opportuno chiedere almeno il mio parere? E ti sei reso conto che l'Enrico ha la febbre? E poi c'è un'altra faccenda che andrebbe chiarita, cos'è questa storia degli... Bzzz... Gazz... bbb...» – il segnale se ne stava andando.

«Mi senti? Mi senti?» diceva Consonni, poi attaccò.

Oh, povero Enrico, chissà quante ne avrebbe sentite dalla mamma... ma ora che fare con quegli scheletri?

Consonni cercava il suo metro da sarto, sempre per quell'idea che aveva in testa, e nella sua stanzetta laboratorio... si trovò fra le mani il simil-Bubu, quel peluche nuovo che Enrico respingeva. Ma dove trovare il tempo per sistemare la faccenda Bubu? Porca miseria, speriamo che Enrico non l'abbia trovato. Bisogna che faccia il lavoro in tempo...

Consonni teneva l'orsacchiotto fra le mani. Che Enrico l'avesse visto? Tutto il progetto sarebbe andato a monte. Decise di mettersi al lavoro, nel frattempo avrebbe potuto riflettere sulla questione degli scomparsi, questo è il vantaggio dei lavori artigianali, mentre li fai puoi pensare a tutt'altro. Infilò l'orsacchiotto nel tornio, trapassandolo da parte a parte, e accese il motore. Mentre il simil-Bubu era sottoposto a un test assai duro sulla resistenza delle sue parti, Consonni rifletteva, sperando che Angela non facesse una delle sue solite improvvisate.

Alle 18 e 10 qualcuno infatti bussò alla porta. Lo sapevo, pensò Amedeo togliendo corrente al tornio. Ma non era Angela. Era il signor Claudio, con una pila di stampate in mano, dove c'erano tutti i dati delle persone scomparse nel periodo richiesto, con rapporti anagrafici ecc.

«Ma come ha fatto?» chiese esterrefatto Consonni.

«Semplicissimo, sono tutti dati che fornisce il Ministero».

Claudio se ne uscì tutto soddisfatto, con una certa baldanza efficientistica.

Consonni si gettò su quei tabulati, abbandonando il lavoro su Bubu. Che manna! Ad averlo saputo... lì per lì fu preso da una certa frenesia, come fanno tutti i novizi quando pensano di disporre dei «dati da Internet». Poi, gradatamente, capì che si trattava di un grande guazzabuglio. Aveva quasi dimenticato l'imperativo principale, restituire gli scheletri al Barzaghi, o comunque liberarsene. Scorreva freneticamente i tabulati senza rendersi conto che il tempo passava velocemente, tanto che alle nove, quando Angela, previo appuntamento, bussò alla sua porta, egli non aveva ancora cenato.

«Amedeo, ci sei?».

Amedeo corse ad aprirle la porta, indossava un grembiule da cucina perché quando si preparava qualcosa si macchiava sempre da tutte le parti.

«Oh, Amedeo, ma non hai ancora cenato? Ti do una mano?».

«Ma grazie Angela, sai, sono un po' in ritardo, Caterina è passata così tardi a riprendere l'Enrico...».

Angela entrò lentamente, non sapendo se comunicare un senso di fiducia al Consonni che le sembrava un po' stanco, oppure se irrigidirsi perché la Caterina che si portava via l'Enrico l'aveva vista anche lei, e non era affatto tardi. Ma cercò di dimostrarsi superiore.

Consonni cominciò a prepararsi degli spinaci lessi saltati in padella, da consumare con un po' di stracchino e di prosciutto cotto. Angela gli chiese se poteva riprendere il suo racconto e subito lo riprese, senza attendere una risposta affermativa, per lei era più importante del resto, in fin dei conti, e riattaccò dalla faccenda, peraltro a Consonni già nota, del rapimento dell'allievo Reperti, l'antipatico figlio di papà.

Solo che c'era un fatto, che nelle condizioni di spirito in cui era Consonni, stanco, forse febbricitante anche lui, e con un sacco di pensieri per la testa, portò ad una situazione di stallo. Va bene, un suo allievo era stato rapito, ma tutti sapevano come era andato a finire quel rapimento, e anche quello che sarebbe, più o meno, successo ad Angela. Lei era lì, viva e vegeta, anzi, diremmo in ottima salute. E allora perché raccontare quei fatti lontani cercando di immetterci un po' di suspense, cioè di esporli non nell'ordine in cui erano avvenute le cose, ma in quello del tradizionale romanzo poliziesco? Per esempio lei per prima cosa gli aveva narrato il fatto che il suo allievo era sparito, poi era tornata indietro rammemorandosi che in precedenza c'erano state delle strane avvisaglie... quell'inconsueto ricevimento con i genitori del ragazzo, in cui quelli là si erano preoccupati non dei brutti voti, ma di far capire che il ragazzo sarebbe stato assente per un po' e altre faccende analoghe.

Purtroppo Consonni non riuscì a non farlo presente in modi urbani: «Ma perché mi racconti del rapimento come se tu in precedenza non avessi avuto qualche sensazione strana, e non mi hai raccontato prima la sensazione strana? C'è modo e modo di raccontare».

Qui Consonni stava sollevando un'obiezione da indagatore, probabilmente per stanchezza, ma Angela non la gradì per niente.

«Ah, beh, se la metti così potrei cominciare dalla fine, e dirti all'inizio come la faccenda è andata a finire, per gli altri e per me. Preferisci così? Non ti piace il mio modo di raccontare?».

«No no, racconta come ti piace. Sei bravissima a raccontare le cose, io non ci riuscirei. Non volevo interferire».

Angela era un filino seccata dell'obiezione, ma tornò subito in carreggiata, in fondo era una storia che non aveva mai raccontato a nessuno, e dunque se l'era preparata accuratamente.

In realtà Consonni, a guardar bene, si stava ponendo un serio problema di narratologia, anche se non lo sapeva, mentre Angela probabilmente di tale problema era consapevole. In effetti quando uno racconta una storia, sia un aedo o un regista cinematografico, non nasconde il fatto che lui quella storia la conosce tutta, dall'inizio alla fine. Non la racconta come se la stesse inventando in quel momento. Se uno guarda un film sa che in qualche modo andrà a finire, che è già contenuto interamente nella pellicola, e lo sa fin da subito. Chi racconta qualcosa come se a un certo punto la soluzione del mistero oppure la sopravvivenza di un personaggio fossero incerti, sta solo bluffando, lo fa per intortare lo spettatore, lui il finale lo conosce, e d'altronde se non lo conoscesse sarebbe un vendifumo, non puoi raccontare una storia che non conosci, o che ti stai inventando lì per lì. Succede che ai bambini si raccontino delle storie inventate sul momento, ma sono quelle che piacciono meno, non convincono, per l'appunto. Consonni come termine di paragone non aveva il feuilleton, cui avrebbe invece pensato Angela, ma i serial televisivi, polizieschi e non. In quei casi effettivamente può capitare che quando va in onda la prima puntata chi racconta ancora non sappia se l'agente XY all'ultima puntata sarà morto o vivo. Probabilmente si decide nel corso del tempo, in base a criteri complicatissimi di gradimento del personaggio eccetera. Consonni pensava invece ai casi polizieschi che lui registrava nei suoi archivi, giorno per giorno, presi dalle notizie di cronaca. Quotidianamente si aggiungevano nuove notizie sui casi caldi, giunte dalla stampa, e volta per volta le nuove notizie cambiavano il quadro della situazione, aumentavano le informazioni e le scoperte, qualche personaggio nuovo veniva implicato, qualcun altro veniva scagionato, ma la fine non era nota. Viene trovato un cadavere in circostanze misteriose? Chi è stato? Perché? Via via emergono dei sospettati, ma questi negano, o trovano l'alibi, ecc. ecc. Chi racconta la vicenda brancola nel buio come noi che leggiamo il giornale. Allora sì che uno poteva appassionarsi, perché non si sapeva come andava a finire. Nel caso di Angela la fine della storia a lei era nota, notissima. E allora perché raccontare la storia, la sua vera storia, non di invenzione, come se non sapesse come era andata a finire?

Purtroppo Consonni si era un po' distratto in mezzo a questi pensieri mentre Angela raccontava di quando lei era andata a comunicare il suo grande sospetto ai genitori del ragazzo rapito. Ma qual era questo sospetto? Porca miseria, Consonni, fra i pensieri in cui era avvolto e l'abbiocco incombente, proprio non ci aveva fatto caso. Angela si era fermata e guardava Consonni, nel silenzio, evidentemente non stava attento.

Forse perché condizionata dal suo passato di insegnante, chiese a Consonni: «Amedeo, non trovi che il mio sospetto fosse più che legittimo?».

Amedeo si riscosse: «Eh, sospetto? Quale sospetto? Scusa, devo aver perso qualche particolare... Potresti rinfrescarmelo?».

Angela se ne andò dall'appartamento offesissima, probabilmente in maniera definitiva.

Non aveva mai sopportato gli studenti che non stanno attenti e men che meno quelli che fanno i furbi, che dicono che non avevano capito la spiegazione, che poi si presentano dai genitori col brutto voto e se la cavano dicendo: «La prof. Mattioli spiega male, non si capisce niente». E i genitori naturalmente pensano che i loro figlioletti deficienti abbiano ragione.

Oh signur, esclamò dentro di sé il Consonni all'udire lo sbattere della porta, un'altra volta...

In quello stesso momento anche i figli del signor Claudio e della signora Donatella, Gianmarco, anni undici, e Margherita, anni otto, avevano sentito una porta che sbatteva. Era la mamma, che si era chiusa in cucina a parlare con lo zio. Poi la mamma si era messa a fare delle telefonate. Gianmarco ne intercettò una alzando delicatamente la cornetta dell'apparecchio nell'ingresso. Non ci capiva granché, ma afferrava che si parlava del papà, della separazione legale, delle responsabilità, addirittura di un istituto psichiatrico.

Tutto sconsolato Gianmarco aveva riferito a Margherita. Restarono in silenzio per più di un'ora, quando la mamma venne a dare la buonanotte avevano già preso la decisione.

A tarda sera, dunque, dopo che Angela se ne era andata, Consonni aveva avuto la possibilità di immergersi nella lista ordinata delle persone scomparse nel periodo di interesse. Mamma mia quante erano!

Centinaia, solo in Lombardia. Ma dove andavano a finire? Parecchi erano stranieri, ma chi poteva dire che quegli scheletri non fossero stranieri? Tuttavia Consonni sapeva che molti stranieri se ne vanno e basta, quindi per il momento li lasciò perdere. Da qualche parte bisognava cominciare.

Consonni si mise il pigiama e si portò a letto gli stampati, sbadigliando.

Li sfogliava e non ci capiva niente.

Di gente ne scompare tanta, bastava guardare a quei dati dal 1989 in poi, però di molti probabilmente non se ne era accorto nessuno o quasi: se scompare il general manager di una azienda con 10.000 dipendenti ne parlano tutti, se scompare un immigrato semiclandestino, beh, chissà dov'è andato, e comunque fatti suoi.

Consonni si distrasse un attimo, e passò a pensare ad Angela, forse a causa di una qualche espressione che lei aveva usato e che lui adesso non si ricordava. Cos'è che aveva detto? Accidenti, questa volta si era arrabbiata veramente, come fare a rimediare? Ma come poteva sapere lei in quale situazione era venuto a trovarsi?

Con tutti quei fogli sparpagliati sul letto cercava di focalizzare un punto centrale, qualcosa di certo.

L'unica cosa certa era che le tre vittime erano tutte e tre giovani, non avevano segni addosso di violenza fisica macroscopica e due di loro si assomigliavano parecchio, anzi, erano praticamente uguali. Nessuno li aveva presi a picconate sulla testa, questo era sicuro, e neanche gli aveva rotto un braccio, o sfondato la cassa toracica, gli scheletri erano belli intatti.

E allora? Consonni guardava l'angoliera con timore, non la voleva aprire di nuovo. Ma domani...

Era confuso.

Gli venne la curiosità di verificare se fra gli scomparsi c'era qualcuno che di cognome faceva Barzaghi. No, a quanto risultava nella famiglia del Barzaghi non era scomparso nessuno. Lui del Barzaghi si fidava, era sempre stato una bravissima persona, ma nelle famiglie, vai a sapere.

Poi tanto per curiosità verificò che ci fosse il Viganò. Lui c'era, con la data ufficiale della scomparsa. Il Claudio si era preso la briga di fargli due stampate, una con i nomi in ordine cronologico, l'altra in ordine alfabetico.

Consonni in quel mare magno ci si perdeva. Ibn Moussa, Innocenti Maurizio, Iuvarra Antonio...

Consonni si dette per vinto e decise che le sue indagini per quella sera finivano lì.

Nonostante l'inquietudine per le ricerche impossibili, per gli scheletri in camera, per il fatto di aver offeso l'Angela, per la questione Bubu, e mille altre, Consonni si stava addormentando con la luce accesa puntata su quei tabulati. Proprio allora gli passò sotto gli occhi una curiosa combinazione: nella lista in ordine cronologico si riportava che il 24 agosto 1991, in località Chiesa Val Malenco, risultavano disperse tre persone: due erano residenti a Usmate e curiosamente il loro cognome e la loro data di nascita erano gli stessi. Che cos'erano, se non gemelli? Il terzo elemento era una ragazza, residente a Cernusco Lombardone, poco distante. Tre scomparsi in un colpo solo, mai più ritrovati, residenti a pochi chilometri da Rovagnate. Eh, la Madonna!

Chiesa Val Malenco... su in montagna, com'è che erano scomparsi? La Val Malenco è una valle che si dirama verso nord dalla Valtellina. In macchina dalla Brianza ci vogliono un paio d'ore, se non c'è troppo traffico. Ma perché due residenti di Usmate e una di Cernusco Lombardone erano dati per scomparsi in Val Malenco? Le date di nascita indicavano che i tre scomparsi avevano, all'epoca, poco più di diciotto anni.

Consonni ebbe un sussulto e tributò gli scheletri di un'altra ispezione. Due di loro erano veramente identici, in effetti come aveva fatto a non dare peso a quella somiglianza? Erano veramente gemelli?

Santo cielo, il periodo temporale era quello, la zona era quella, l'età degli scomparsi era quella, e per di più due degli scomparsi erano uguali identici. Ma cos'è che aveva detto Angela? Qual era l'espressione?

Consonni aveva appoggiato uno scheletro sulla poltroncina, e quello se ne stava lì seduto, quasi compito. Parlami, parlami, gli avrebbe voluto dire, che cosa vi hanno fatto?

Consonni si addormentò senza badare troppo a quello scheletro sulla poltrona che non gli toglieva gli occhi di dosso. Che ci si stesse abituando? Sognò di un tipo di bassa statura che produceva pentole ollari in una indecifrata valle alpina. Il sogno poi si faceva confuso, si trasformava in una danza collettiva, una specie di minuetto, alla fine del quale lui stesso si ritrovava in mutande.

Sabato 20 dicembre

La mattina successiva la Mattei-Ferri assistette dall'inizio alla fine a una scena macabra.

Consonni scese giù nella corte della ringhiera portandosi dietro tutta una serie di attrezzi. Aveva un fornello da campeggio, delle bottigliette di prodotti chimici, un orsacchiotto di peluche e altri strumenti. Poi tornò su in casa e se ne scese con una pentola piena d'acqua o di qualche altro liquido, che mise sul fornello acceso. Ci versò dentro altre sostanze fosforescenti, mentre il tutto si scaldava.

Dopo un po' ci buttò dentro l'orsacchiotto. Alla Mattei-Ferri sarebbe quasi venuto da vomitare. Ma che cosa sta facendo?

Consonni lasciò l'orsacchiotto a sobbollire in quella pozione, poi lo tirò fuori e lo buttò per terra, in mezzo alla polvere. Ci montò sopra con i piedi e lo schiacciò con tutta la forza che aveva. Infieriva su quel povero animalino di pezza, ma era pazzo? Cosa stava facendo, sfogava così le sue pulsioni sessuali sadiche?

Eseguita questa operazione Amedeo cominciò a infliggere colpi al peluche con un'arma da taglio o qualcosa del genere, per farlo a pezzi.

La Mattei-Ferri si intimò di non girare la testa. Ma che essere crudele, che cosa sta facendo? Alla fine Consonni raccolse tutta la sua roba e la riportò nel suo appartamento.

Vedete come le cose possano cambiare a seconda del punto di vista. Il Consonni stava solo cercando di ridare vita a Bubu e il trattamento lo aveva fatto nella corte per non sporcare in casa. L'acqua bollente con acido dovevano servire perché il pelo si lessasse e si impattonasse, per ottenere in tempi brevi l'effetto che a Enrico era costato mesi e mesi di stropicciamento ed ettolitri di saliva. Inoltre occorreva scolorarlo.

In realtà Consonni recuperò con cura le spoglie del sostituto di Bubu, e le stese sul filo della biancheria, in un posto dove Enrico non le avrebbe potute vedere.

In seguito – ma quando? con tutte le cose che aveva da fare – nella calma del suo appartamento, Consonni si sarebbe dedicato affettuosamente a ricucire il nuovo Bubu, lasciando in evidenza i punti che saldavano le cicatrici, e realizzando con un avanzo di gros grain nero una benda da mettere al posto dell'occhio mancante.

Un'altra cottura a media temperatura, un'altra asciugatura col fon, e Bubu modello Frankenstein sarebbe stato pronto a fare il suo ritorno sulle scene.

Ma quel sabato per Consonni si prospettava come una giornata molto intensa. Ormai aveva una pista, una pista seria, e su quella bisognava lavorare. C'era da liberarsi degli scheletri, il pensiero non gli dava tregua, ma già che c'era voleva approfondire che cosa fosse veramente successo in Val Malenco, un nome che la dice tutta.

Fu in biblioteca qualche minuto prima dell'orario di apertura...

La bibliotecaria fu sorpresa di rivederlo. Erano quasi dieci giorni che non si faceva vivo, lui che prima era così assiduo. Cos'era, la celebrità?

«Signor Consonni, come sta? Cos'è che fa qui, a quest'ora del mattino?».

Consonni chiese il permesso di andare giù nel sottosuolo a sfogliare i giornali delle vecchie annate, cosa che normalmente non sarebbe stata permessa, ma che nel caso di Consonni...

La bibliotecaria non aveva nessuna voglia di andare a prendere i quotidiani sette alla volta, secondo il regolamento, e di portarli al Consonni per poi doverli rimettere a posto.

«Vada pure Consonni, tanto la strada la sa. Guardi quello che vuole, ma rimetta tutto come l'ha trovato».

Consonni si mise a sfogliare i giornali di quei precisi giorni, agosto del 1991, adesso non è che doveva procedere a caso, e rapidamente trovò quello che cercava: «Tragedia in Val Malenco. Tre boy-scout dispersi sul monte Disgrazia. Ancora le spoglie non sono state recuperate».

Si buttò a leggere avidamente la notizia, collazionando testate diverse.

La tragedia era avvenuta di sabato e la domenica successiva il giornale aveva dedicato al fatto una pagina intera. Quel sabato un numeroso gruppo di scout aveva raggiunto Chiesa Val Malenco con una corriera, per la precisione in località Ciappanico, dove parte il sentiero che risale le pendici del monte Disgrazia… La comitiva si era incamminata per il sentiero, un percorso né particolarmente difficile né pericoloso. La meta era il rifugio Bosio e poi il successivo rifugio Desio dove gli scout avrebbero pernottato. Per meglio dire avrebbero pernottato nelle vicinanze del rifugio, perché come si sa gli scout devono essere autonomi, il mangiare se lo portano dietro e dormono in tenda. Va notato che il rifugio Desio, a oltre 2.800 metri di quota, era situato in mezzo a una pietraia, non era tanto facile piantare le tende intorno al passo di Corna Rossa.

La giornata si era rivelata più faticosa del previsto, probabilmente i capi scout avevano sottovalutato il percorso, che si era dimostrato massacrante – in effetti quasi duemila metri di dislivello, ma erano pazzi? – tanto che il gruppo arrivò a destinazione dopo undici ore di cammino. Erano tutti distrutti, anche perché nelle ultime ore avevano preso la pioggia ed erano tutti bagnati e infreddoliti. Ma secondo i capi scout non sarebbe stato dignitoso fermarsi al rifugio Bosio, che era aperto e accogliente, a scaldarsi un po' e a mangiare qualcosa di caldo. Né fare la stessa cosa al rifugio Desio, fuori nevischiava, e dentro arrostivano le salsicce nel camino… Ci fu un putiferio, ragazzine che si mettevano a piangere, una sorta di insurrezione, al rifugio non era permesso andare se non per cinque minuti. Le tende furono montate sotto la pioggia, in mezzo a una orribile distesa di pietre e fango. Non ci fu modo nemmeno di accendere un fuoco, che agli scout piace tanto. In tutta quella confusione nessuno si era accorto che degli scout ne mancavano tre, Raffaella di Cernusco Lombardone, Ivan e Yuri, fratelli gemelli, di Usmate.

I capi scout, quando se ne accorsero, si mostrarono decisi a cercarsi da soli i tre ragazzi che mancavano all'appello, ma per fortuna acconsentirono a riferirsi al rifugista del Desio, il quale non esitò a chiamare il soccorso alpino. Quei tre ragazzi probabilmente si erano attardati rispetto al gruppo e poi si erano persi, però con quelle condizioni atmosferiche non c'era da scherzare. Al momento in cui il giornale andava in macchina non erano ancora stati ritrovati.

E non lo erano stati nemmeno dopo l'intera giornata di domenica. Questa volta il giornale dava ancora più rilievo alla notizia, perché c'era aria di tragedia. I soccorritori non erano assolutamente riusciti a capire dove i ragazzi potessero essere finiti, se erano scivolati giù per un burrone, se avevano sbagliato strada e ora girovagavano disperati sul monte Disgrazia, che non fossero finiti addirittura sull'altro versante, ai confini con la Svizzera? Erano state mobilitate squadre e squadre, anche un paio di elicotteri, ma dei tre scout nessuna traccia. Possibile? Di solito in montagna questo non succede, soprattutto d'estate. Se c'è stato un incidente se ne trovano i segni, e purtroppo le vittime. Se qualcuno si è perso prima o poi lo si ritrova, vivo o morto.

Nelle edizioni del martedì le speranze si erano fatte più fievoli. Si facevano le ipotesi più diverse, che addirittura i tre si fossero avventurati in direzione dei Corni Bruciati, dove i sentieri si fanno assai difficili e pericolosi e dove ci sono passaggi esposti per esperti, che soprattutto in condizioni di umidità e di scarsa visibilità potevano costare agli sprovveduti un volo di duecento metri. E magari finire in un ruscello, che gonfiato d'acqua per la pioggia ti trascina giù, forse in un torrente più grande, fino a valle. E allora, che i tre fossero finiti nel torrente Duino, addirittura in Val Masino?

E poi c'era la faccenda pietosa dei due gemelli, belli, bravi, due ragazzoni, la notizia era succulenta: nati nello stesso giorno e morti nello stesso giorno. Vi immaginate le lapidi al cimitero? Ci fu chi indecorosamente ricamò su una tale evenienza.

Al quarto giorno, quando le speranze si facevano sempre più fievoli, i quotidiani cominciarono a darsi da fare per inventarsi anche altre ipotesi e si accesero le polemiche, le solite. Che gli scout erano una massa di irresponsabili, e che non si fa una escursione del genere quando le condizioni meteorologiche sono instabili. Che non si affrontano percorsi di quella lunghezza e di quel dislivello in assenza della giusta preparazione. Che nel caso di gruppi numerosi ogni ora almeno i responsabili devono fare l'appello, ecc. ecc. Si intervistarono anche i genitori degli scomparsi, che erano affranti, ma in qualche modo ancora speranzosi. Il signor Cavenaghi, padre di Ivan e Yuri, dichiarò che quei ragazzi se la cavavano bene in montagna e che...

Si cercavano anche altre testimonianze. Era venuta fuori una dichiarazione anonima secondo la quale fra i tre, che si conoscevano bene, al mattino c'era stata una discussione, forse per chi doveva portare la tenda, che era pesante, o forse per altri motivi. Insomma un alterco, che probabilmente si era protratto anche per le prime ore del tragitto. Comunque a quel punto già si parlava di «tragica fatalità».

Dopo una settimana i giornali non ne parlavano più.

Di fatto la cronaca abbandonò l'evento, una volta spolpatolo, esaurite le testimonianze delle famiglie stravolte dal dolore, intervistati amici e paesani, passati in rassegna il parroco, le insegnanti, tutti coloro che conoscevano i poveri disgraziati, per spendere parole sulle loro qualità di bravissimi ragazzi, volonterosi, impegnati, perfetti. Ma Consonni non fu capace di trovare la notizia del ritrovamento dei corpi, non se ne parlava.

Consonni sapeva bene che nel caso i corpi di quei ragazzi fossero stati ritrovati, magari sei settimane o sei mesi dopo, sul giornale forse non se ne sarebbe fatta menzione. Se non per rimestare un po' nel torbido del dolore delle famiglie e delle comunità sconvolte dalla notizia.

Decise di prendere informazioni per altre vie e intorno alle undici e mezza chiese alla bibliotecaria se poteva fare una, massimo due telefonate, le avrebbe pagate.

La bibliotecaria scosse la testa e disse al Consonni: «Faccia, faccia, tanto mica le pago io...».

Si mise in contatto con il Soccorso alpino di Chiesa Val Malenco e chiese notizie della faccenda. Riuscì a parlare anche con il vecchio gestore del rifugio Desio.

Alla fine, dopo aver dovuto superare parecchie ritrosie e reticenze, ebbe la conferma che i corpi dei tre scout non erano stati mai ritrovati. Due maschi e una femmina, di giovane età. Eppure di ricerche ne erano state fatte tante, a tappeto, fino a novembre.

La bibliotecaria chiese a Consonni se aveva finito. «No, ancora un attimo» e tornò nel sottosuolo, per rimettere a posto le annate dei quotidiani. Rifletteva sulle coincidenze: tutti e tre i ragazzi abitavano nell'alta Brianza: Cernusco Lombardone, Usmate, paesi a pochi chilometri da Rovagnate, la sede delle Piramidi e del futuro agriturismo Orione.

C'era un'altra testata che non aveva ancora finito di consultare, ma era un giornale assai poco affidabile, dedito più al pettegolezzo che non alla cronaca. Sfogliò sbrigativamente i numeri delle giornate in questione. Più o meno c'erano le stesse notizie, caricate di particolari inutili e scabrosi e di mille illazioni. Che per il monte Disgrazia si aggirasse un bruto, uno yeti maniaco sessuale, che aveva segregato, brutalizzato, ucciso e nascosto i tre ragazzi morti?

Ma una novità interessante la trovò, e come se la trovò. Era una notizia del tutto inutile, volta solo a raccontare un episodio tanto raccapricciante quanto marginale, ma che per Consonni non era marginale affatto. Riguardava la ragazza, Vismara Raffaella di Cernusco L. L'intrepido cronista aveva scoperto che quando era bambina la Vismara aveva avuto un incidente mentre pattinava sul ghiaccio. Era caduta e mentre una sua mano era a terra, una sua amica – forse la sua amica del cuore? – le era passata col pattino sulla mano e le aveva tagliato di netto il dito mignolo. Il ghiaccio si era colorato di rosso, sangue a fiumi, e tutti i presenti erano inorriditi. Poi era arrivata l'ambulanza, l'emorragia era stata bloccata, la bambina portata in ospedale. Ma qual era il particolare più raccapricciante? Che il dito tranciato non era stato ritrovato. Lì per lì nessuno aveva pensato a cercarlo, chissà dov'era finito. O che l'avesse raccolto qualche maniaco feticista? Sta di fatto che il tentativo di riattaccare il dito alla bambina non poté neanche essere fatto. La Vismara da quel giorno era senza un mignolo.

Senza un mignolo? Senza un mignolo? si chiedeva Consonni.

Amedeo ricacciò in fretta e furia i giornali nei loro contenitori, alla meno peggio, magari in un altro momento sarebbe tornato a rimetterli in ordine.

Salutò al volo la bibliotecaria, che quasi lo dovette rincorrere per dargli quel libro che aveva preso in prestito: si intitolava *Uomini e ossa*, un best seller di un antropologo criminale esperto in cadaveri di tutti i tipi. Consonni se lo mise sotto braccio, neanche lo guardò mentre forse avrebbe fatto meglio a farlo. Ma la storia non è fatta di se e di ma, e Consonni di semicorsa tornò a casa. Col fiatone raggiunse la camera da letto, riaprì lo sportello dell'angoliera e controllò quello che doveva controllare. «Ma che idiota che sono, come ho fatto a non accorgermene?», disse a voce alta dopo aver verificato che allo scheletro più basso mancavano falange, falangina e falangetta del dito mignolo.

Consonni richiuse l'angoliera e si sedette in poltrona, obnubilato. E adesso?

Si attaccò al telefono cercando di parlare col Barzaghi, fece innumerevoli tentativi, senza esito.

Per questo Caterina trovava il numero del padre sempre occupato, non riusciva a parlare con lui, lo faceva apposta? E dire che aveva un diavolo per capello, voleva chiedere chiarimenti all'Amedeo su quello che aveva ritrovato nella tasca della giacca di Enrico. Quell'uomo era pazzo? Ah, questa non la passava liscia.

Alle 14,03 Consonni riuscì finalmente a parlare col Barzaghi, ma anziché chiedergli immediatamente di venirsi a riprendere gli scheletri, cosa che sembrava la più urgente, gli domandò se suo figlio, che adesso doveva avere all'incirca una quarantina d'anni, da giovane avesse fatto lo scout.

«Eh, certo che sì, aveva tanta passione».

«Ah, e poi ha smesso?».

«Ha smesso sì, ma non lo sapevi? Mio figlio è sulla sedia a rotelle da quando aveva diciassette anni, dopo l'incidente, il 15 luglio 1987, non lo sapevi?».

Consonni ci rimase molto male e chiese scusa.

«Ma perché me lo chiedevi?».

«Ma, così, per curiosità, sono in mezzo a una storia di scout». Consonni non voleva anticipare niente a Barzaghi della sua ipotesi, che a questo punto era una certezza. Era più che sicuro che il Barzaghi in quella faccenda non c'entrasse niente, e che il seppellitore avesse utilizzato la cascina per liberarsi dei cadaveri solo perché era abbandonata. Ma doveva essere qualcuno della zona.

«Comunque a riprendermi gli scheletri posso venire solo domani, anche la mattina presto, prima proprio non posso. Hai scoperto qualcosa?».

Consonni stava riflettendo: come poteva essere accaduto che i tre, anziché raggiungere il rifugio, fossero finiti murati vivi, e nudi per giunta, dentro una cascina nei pressi di Rovagnate?

Pur se stravolto dall'agghiacciante scoperta Consonni si rese conto che erano le quattordici passate e nonostante tutto si dedicò alla sommaria preparazione di un pranzetto, accese il gas, ci mise sopra una padella appena oliata, e quando questa fu calda ci appoggiò una valdostana precotta, si dica quel che si dica, ma dopo una mattinata simile aveva bisogno di proteine e carboidrati.

Mentre aspettava che la valdostana fosse fritta a dovere, ed era andato in salotto a prendere gli occhiali, notò su una mensola nella libreria una bottiglia che prima non c'era, una bottiglia che aveva per lui un aspetto in qualche modo familiare, era un pregiato whisky scozzese, di marca Talisker.

Ma pensa te, rifletteva Consonni, il signor Claudio. Ieri gli ho ricordato in modo cafone della bottiglia di Talisker e lui, eccotela lì, me l'ha subito restituita. L'ho visto bene il Claudio, che abbia capito quale sia la strada giusta? La bottiglia me l'ha lasciata quando è venuto a portarmi i tabulati... che persona gentile...

In verità ce l'aveva lasciata Erika, la bottiglia, ma questo Consonni non lo poteva sapere.

A questo punto occorre dettagliare un po' meglio come era andata la faccenda del Talisker, ma bisogna tornare indietro di qualche giorno, per la precisione al momento in cui Claudio era tornato a casa dopo essere stato, secondo lui, recluso per un paio di giorni.

Era un momento di forte tensione, subito dopo l'ultima feroce litigata con la moglie e con i figli, che lo avrebbe portato a bere una quantità di alcol fuori della norma anche per uno come lui.

Dopo quello che era successo Claudio, ubriaco come non mai, era una bestia di rabbia. Sapeva che doveva passare all'offensiva contro Donatella, cioè toglierla di mezzo, era l'unica soluzione, lei voleva la sua morte, o peggio. Questo significava farla fuori? Eliminarla? Ci aveva pensato ma si era reso presto conto che questa strada non era percorribile. Ogni pensiero era suggellato da un cicchetto.

Come avrebbe potuto fare, metterla sotto in automobile? Automobile che peraltro non poteva più usare, come si è detto. Oppure reclutare un killer per sistemarla facendo finta che si trattasse di un agguato a sfondo sessuale? Oppure ordire un piano in modo tale che sembrasse un suicidio? Ecco, su questo pensiero si trattenne un po' più a lungo, nei fumi, come idea non c'era malaccio. Le madri spesso si suicidano, con i barbiturici, non ci sarebbe stato da stupirsi se lei, dopo quello che aveva fatto, non avesse retto all'azione corrosiva del rimorso. Ma a parte che quello che aveva fatto lo sapevano solo lui, lei e i figli, sarebbe stato credibile un suicidio da parte sua, ora che era quasi riuscita nei suoi intenti, cioè di liberarsi definitivamente e con soddisfazione del marito? Gli girava la testa, continuava di bicchierino in bicchierino, era nella fase di massima aggressività.

Come simulare un suicidio da parte di lei? Scusate questa frase mal costruita, ma così si era configurata nella mente di Claudio, nel suo delirio alcolico. Farle assumere dei barbiturici e poi infilarla in una vasca da bagno priva di sensi?

No, no, e poi Claudio a fare una cosa del genere non ci sarebbe mai riuscito, anche se in quel momento... se la avesse avuta fra le mani...

Comunque per Donatella andava trovata la giusta punizione. Una punizione che la togliesse di torno, o che perlomeno la mettesse nelle condizioni di non nuocere, di non tenersi i bambini, la casa e i suoi soldi. Ma come fare?

La parola barbiturico, che prima gli era passata velocemente per la testa, ci ripassò. Se io non posso eliminarla, però posso provare che la mente malata e criminale è la sua, non la mia. Come posso fare in modo che vada incontro alla giusta punizione? L'ideale sarebbe che finisse in carcere, ma come?

Claudio scandagliò un po' nel suo bagaglio culturale, che non era vastissimo di per sé, e che soprattutto in quel genere di momenti era proprio limitato e ripetitivo, legato ad altri momenti alcolici. Di libri gialli ne aveva letti pochi, e anche alla TV quella roba non era la sua preferita – si dice che la creatività degli scrittori e degli sceneggiatori sia di grande aiuto ai criminali dilettanti come fonte di ispirazione –, però qualcosa in testa la trovò.

Devo poter dimostrare che Donatella voleva uccidermi. Devo farla incriminare per tentato omicidio (per omicidio no, non funzionava), devo fare in modo che risulti chiaro che ha ordito un piano per farmi fuori.

Claudio per prima cosa pensò alle stesse evenienze cui aveva pensato prima nelle vesti dell'assassino. Potrei reclutare qualcuno che tenti di mettermi sotto con la macchina e poi dimostrare che era stato assoldato da lei, incriminandola. Ma come, con la testimonianza di chi, del complice? No, no, chi si sarebbe prestato a fare finta di uccidere lui, e a sostenere in tribunale che la committente era lei? Non funzionava... Non funzionava un cazzo...

Lo stesso per il delitto a sfondo sessuale. Claudio avrebbe dovuto mettere in atto un gesto autolesionistico per poi dimostrare che l'esecutore era qualcuno pagato da lei?

E il finto-suicidio? I barbiturici?

Claudio stava per terminare la bottiglia di grappa Nonino e la guardava scemare con malinconia e rabbia. Per fortuna disponeva di un'altra bottiglia, di Vecchia Romagna Etichetta Nera. Andò in bagno, si sciacquò la faccia e poi stappò la Vecchia Romagna. Barcollava ma l'idea di passare a bere il brandy gli parve quasi una redenzione, uno sforzo per recuperare lucidità. Aiutandosi con un foglio e una penna dove disegnò alcuni schemetti, arrivò a una bozza di piano che lo lasciò molto soddisfatto.

Dunque l'idea era questa, Donatella aveva ordito un piano per ucciderlo, facendo in modo che si pensasse a un suicidio. Come si suicida un alcolizzato? Ingerendo una massiccia quantità di barbiturici – o altro, su questo Claudio doveva prendere informazioni più precise – certamente miscelandoli alla bevanda preferita, alcol, magari un whisky o un altro superalcolico.

Nulla di più ovvio, dal punto di vista di Donatella. Se viene ritrovato morto un alcolista e nel sangue si rinviene il barbiturico, come non pensare che si sia suicidato? Dunque Donatella avrebbe fatto in modo che Claudio bevesse un superalcolico «drogato» (da lei) e che ci avesse lasciato, secondo il suo desiderio, le penne.

Ma che sarebbe successo se il whisky drogato non fosse riuscito a raggiungere il suo scopo? Che cosa sarebbe accaduto se tale whisky fosse stato ingerito solo in parte, e se l'interessato si fosse sentito male ma fosse riuscito a raggiungere in tempo il Pronto Soccorso per farsi fare una lavanda gastrica? E se fosse stato in qualche modo dimostrabile che quella bottiglia era stata manipolata da Donatella?

Molto semplice, Donatella sarebbe stata incriminata per tentato omicidio e sarebbe finita in galera.

Ecco, dunque, il piano. A Claudio non restava che 1) procurarsi una bottiglia di whisky; 2) inserire con una siringa o con qualche altro metodo il barbiturico nel whisky; 3) fare in modo che sulla bottiglia ci fossero le impronte di Donatella; 4) assumere un po' di quel whisky, poi sentirsi male e correre al Pronto Soccorso; 5) accusare Donatella di aver preparato lei la pozione; 6) consegnare alla Polizia la bottiglia con ancora gran parte del suo contenuto e aspettare la notizia dell'arresto di Donatella.

Non faceva una piega, gli alcolisti possono essere lucidissimi, anche se c'erano alcuni dettagli da perfezionare, principalmente come fare in modo che sulla bottiglia ci fossero le impronte di sua moglie. Bisognava curare bene l'assunzione della pozione, che non fosse letale, ma che non fosse neanche indifferente, al Pronto Soccorso lo avrebbero dovuto prendere sul serio.

Ma si sarebbe visto, una cosa alla volta. Prima di tutto andava acquistata una bottiglia speciale, riconoscibile, un liquore di pregio (pensando che Donatella l'avrebbe fatta avere a Claudio, o gliela avrebbe fatta trovare in casa, sfruttando la tendenza di Claudio stesso se trovava una bottiglia in casa ad aprirla e a scolarsela tutta).

Claudio non era abituato a fare questi ragionamenti, dove ci si immagina quello che uno penserebbe quello che l'altro penserebbe che il primo pensasse, però in qualche modo ne venne a capo, o almeno ne ebbe la sensazione, grazie anche ai suoi diagrammi, che comunque andavano fatti sparire.

Solo che se comprava una bottiglia particolarmente speciale magari gli inquirenti avrebbero potuto rintracciare l'atto dell'acquisto. No, quella bottiglia non la poteva comprare lui. Occorreva trovare una persona indefinita che avrebbe acquistato la bottiglia, in un negozio vicino alla attuale residenza di Donatella (così il cerchio si sarebbe irrimediabilmente chiuso su di lei). Ma una persona che nessuno sarebbe stato in grado di riconoscere, che evidentemente in seguito gli inquirenti avrebbero pensato essere stata mandata da Donatella stessa, perché i sospetti non cadessero su di lei. E questa era una prova schiacciantc. Sc veramente Claudio avesse voluto suicidarsi coi barbiturici e una bottiglia di whisky di lusso, perché la bottiglia non avrebbe potuto comprarsela da solo, in un negozio sotto casa? Tutto quadra, tutto quadra, pensava Claudio, cominciava ad entusiasmarsi.

E poi gli era già venuta l'idea su come fare in modo che sulla bottiglia ci fossero le impronte di sua moglie. La camera dei bambini! Bastava mettere la bottiglia in camera dei bambini, magari maldestramente nascosta.

Se Donatella fosse tornata a casa per prendere la roba di Gianmarco e Margherita, cosa avrebbe fatto se avesse trovato la bottiglia in mezzo agli effetti dei figli? L'avrebbe presa, toccata e messa in cucina, come se contenesse nitroglicerina. Ci sarebbe cascata?

Aveva chiesto a Consonni di acquistare la bottiglia, come sappiamo, e Consonni aveva provveduto. Poi aveva recuperato dei farmaci, ecco, che fossero dei barbiturici non ne era certo, erano degli ansiolitici di Donatella, in casa ce n'erano scatole intere. Sarebbero andati bene lo stesso? Lesse sul bugiardino che non andavano assolutamente assunti in combinazione col consumo di alcolici, che la cosa poteva causare nausea, coma, morte. Benissimo! E inoltre erano medicine che Donatella consumava regolarmente!

Insomma con tutta probabilità era riuscito a inserire i farmaci nella bottiglia, con una siringa o qualcosa del genere (in realtà non gli era stato possibile fare finta che la bottiglia fosse intonsa, quelle bottiglie hanno un tappo di sughero e plastica, rivestito da una sigillatura di piombo. L'aveva dovuta togliere). Poi forse aveva avuto un'idea non male, cioè quella di mettere la bottiglia in uno scatolone di giocattoli dei bambini. Donatella che avrebbe fatto? L'avrebbe rovesciata nel lavandino, del tutto scandalizzata, oppure, altrettanto scandalizzata, l'avrebbe riportata al mittente? Nel primo caso il piano sarebbe andato a monte, ma nel secondo la bottiglia, con sopra le impronte giuste, sarebbe tornata al destinatario originale, cioè Claudio.

Chissà se tutte queste cose erano accadute veramente. Claudio al momento attuale non se ne ricordava, né si ricordava di aver proceduto nel suo piano, fino al punto di inserire gli ansiolitici nella bottiglia. In ogni caso quella bottiglia, questo è certo, non l'aveva più vista e di tutta la faccenda non ne sapeva più niente. Forse qualcosa gli sarebbe tornato alla mente se si fosse ubriacato selvaggiamente di nuovo. E se lo avesse fatto con il contenuto della bottiglia stessa? E se di quel whisky ne avesse bevuto troppo, come probabile?

«Buongiorno, parlo con la signorina Costantina Vismara?».

«Sì, sono io, chi parla?».

«Mi chiamo Amedeo Consonni... lei non mi conosce...».

«No, non la conosco, dica...».

«Veda, la cosa è un po' delicata, e non vorrei a questo proposito disturbarla...».

«Di che si tratta?».

«Beh, ho avuto il suo numero dal parroco don Stefanelli, ma non vorrei proprio disturbarla...».

«Vabbè, ho già capito, si tratta di mia sorella, ma lei chi è, cos'è che vuole?».

«No... per carità, non voglio niente, è solo che sto raccogliendo del materiale e volevo sapere se lei...».

«Materiale su che cosa? Riguarda mia sorella?».

«Beh, in un certo senso sì, sto raccogliendo materiale per una ricerca sugli incidenti in montagna...».

«Ah, lo sapevo che era per mia sorella, l'avevo capito».

«Ecco, appunto, volevo sapere se lei era disponibile...».

«No, io non sono disponibile a niente, qualsiasi sia il modo in cui lei pensava di rompermi i coglioni».

«Ma no, per favore, io volevo solo sapere se lei era disponibile a un incontro, ma mi pare che...».

«Le pare bene, nel senso che io non sono affatto disponibile. Ma siete ancora a cercare qualche notizia piccante sull'argomento? Ma non vi vergognate? Ma che cazzo volete? Volete sapere se mia sorella al momento dei fatti era vergine o no? Guardi che io all'epoca avevo quindici anni, e mia sorella maggiore non mi veniva a raccontare quello che faceva, di preciso. Voleva sapere quello? Siete tutti una manica di merde. Ma possibile? Anche a distanza di vent'anni».

«Ma guardi, forse ci siamo capiti male, io sto solo...».

«Lei sta solo rompendo i coglioni e se sta "lavorando", come dice lei, su queste faccende vuol dire che non ha di meglio da fare. È una storia chiusa, finita, tutti noi ci siamo fatti una ragione. Perché venite a rompere per ritornare su una storia che non ha un seguito? Chi vi paga? Cos'è, una storia per la televisione? Guardi che l'hanno già fatto il filmato, guardi che ormai è passato troppo tempo, ci hanno portato a me e a mio padre su quei sentieri di merda della Val Malenco, lo volete fare un'altra volta?».

«Ma no, scusi, forse mi sono fatto capire male, io non...».

«Lei non che cosa? Se io le telefono alle tre del pomeriggio per chiederle come è morta sua moglie lei non si incazza?».

«Ma lei come fa a sapere che mia moglie è morta?».

«Ah, beh, dicevo per dire, parlavo a caso, ma visto che è morta, magari cinque anni fa, le farebbe piacere se le telefonassero dicendo che stanno facendo una ricerca d'archivio sui morti di cancro?».

«Ma lei come fa a sapere che mia moglie è morta di cancro, e cinque anni fa?».

«Non lo so, sparavo a caso, mi dispiace, sa? Ma questo non toglie che lei non debba rompermi le scatole su mia sorella... ha capito?».

«Eh, ho capito sì».

«Va bene, allora, mi dispiace per sua moglie, ma non mi rompa più le balle, sulla storia di mia sorella, ha capito?».

«D'accordo, le chiedo infinitamente scusa, non volevo disturbarla, volevo solo sapere se... insomma, se negli ultimi anni, se c'era qualche novità... ma le chiedo scusa, infinitamente scusa, non pensavo, insomma, che la faccenda...».

«Senta signor... come ha detto che si chiama?».

«Consonni, Consonni Amedeo».

«Senta signor Consonni, non c'è nessuna novità, mia sorella non c'è più e non era affatto la troietta che hanno dipinto i giornali, che insomma sarebbe per colpa sua che quegli altri due coglioni si sono litigati. Ma se lei sta raccogliendo il materiale, come dice lei, queste cose le saprà benissimo... Adesso la saluto... e per favore non telefoni più. E dica a don Stefanelli che anche lui non rompa i coglioni, no?».

«Beh, la saluto... mi dispiace se l'ho disturbata».
«Sì, ha usato la parola giusta, mi ha disturbata».

Consonni si sentiva male. Ma ci pensate, ci pensate?, dire a questa signora che non era vero niente che sua sorella era finita in un dirupo, ma che con tutta probabilità era stata segregata e poi lasciata morire murata viva? A Consonni l'idea di essere l'unico depositario di questa atroce verità pesava moltissimo, anche se, sotto sotto, come tutti farebbero, in fondo se ne sarebbe vantato.

Lui paradossalmente aveva il potere di raccontare una storia che avrebbe scombussolato le vite di molte persone, fra cui quella ringhiosa sorella. E se le avesse detto, ex abrupto, che Raffaella non era affatto precipitata per un canalone, per i motivi cui tutti pensavano, che anche se c'era stata una litigata fra due contendenti, che li aveva indotti a sbagliare sentiero, a infilarsi in un tratto pericoloso, non era stato quello a portare i tre ragazzi a perdersi e a finire in un canalone, ma quale canalone, poi, quelli che finiscono nei canaloni, vivi o morti, li si ritrovano.

No, quei tre erano finiti da tutt'altra parte, e ci doveva essere stata una quarta persona, come minimo, forse più di una, che li aveva portati, vivi o già morti, da un'altra parte. E allora? Che bella soddisfazione, no?

Non era lei che aveva da raccontare delle cose, era lui, se mai, che ne avrebbe avute. Ma per fare che cosa?

Consonni era agitato e sconsolato al tempo stesso.

Gianmarco e Margherita avevano deciso di parlare con la mamma, che era al solito arrabbiatissima, ed era decisa come non mai a dare battaglia al marito, per ottenere una equa, cioè a danno di quello stronzo, separazione legale. Avevano deciso di raccontarle come erano andate le cose con il papà, almeno dal loro punto di vista. Volevano spiegarle che non doveva prendersela così tanto con lui, che in fondo se si era un po' arrabbiato tutti i torti non li aveva, e che alcune delle cose orribili che diceva non erano campate in aria. Insomma si decisero a raccontare quello che era successo. Fu doloroso raccontarlo e Gianmarco, che se ne fece carico, riuscì a procedere fra mille esitazioni. Non raccontò le parti più dure della faccenda, le omise, tanto il succo era quello.

La mamma al procedere della narrazione passò da una prima condizione che andava dall'indifferenza alla condiscendenza – poveri bambini, ma guarda che cosa si vanno a inventare per salvare quell'animale –, a uno stato di incredula disperazione, una volta che Gianmarco arrivò al nodo della questione.

«Ma voi siete pazzi! Ma siete sicuri? Non è che mi raccontate questa storia assurda solo per difendere uno che oramai è impossibile difendere?».

«Ma no mamma, ne abbiamo anche le prove, guarda qui» e mostrarono alla mamma un quaderno dove avevano registrato l'intera faccenda, il progetto, la preparazione, l'esecuzione e l'esito, il tutto con allegati scontrini fiscali, ricevute, prove documentali di vario genere. Ma che pensavano quei bambini, di scaricare le spese dalla dichiarazione dei redditi?

Alla fine dell'esposizione la mamma era stravolta e si lasciò scappare un: «Ma io vi ammazzo, a voi due, io vi rompo la testa» e loro si augurarono che se eventualmente avesse dato seguito a questa minaccia avrebbe svolto le due operazioni in quell'ordine.

«Andate in camera vostra! Andate e non fatevi più vedere fino a stasera!». Loro ci andarono, mogi mogi, in camera loro, che poi non era una camera ma lo studio dello zio, che li ospitava.

E ora che faccio? si domandava Donatella, come faccio a sistemare le cose? Ne parlo a mio fratello? E con che coraggio? E Claudio? Lo voglio rovinare quando ha ragione lui?

Donatella, nel tumulto di quei disvelamenti, pensò anche all'eventualità di non tener conto di quello che le avevano raccontato i bambini. In fondo chi mai ci avrebbe potuto credere? E comunque, forse che Claudio non l'aveva costantemente maltrattata, forse che il suo alcolismo non le aveva rovinato la vita? A lei, che aveva sempre cercato di salvare il salvabile e di preservare almeno i bambini, e loro ti andavano a combinare un simile sfacelo?

Andò a richiamare Gianmarco e Margherita e disse: «Domattina andiamo a trovare il papà e voi, quanto è verro Iddio, gli chiederete scusa, dovete prendervi questa responsabilità. Io che altro posso fare?».

«Ma mamma, tanto non ci crede che tu non c'entri». Gianmarco era terrorizzato all'ipotesi di rivedere il papà e di dover parlare dei fatti accaduti.

«Questo lo vedremo. Domani è domenica, e alle

dieci, facciamo undici, magari dorme, andiamo a trovarlo. E voi camminerete davanti a me».

In questa prospettiva Gianmarco e Margherita andarono a letto. Che fare? Fuggire per sempre? Prendere la prima corriera che passava per un posto sconosciuto, che so, Abbiategrasso o Vimodrone?

Angela aveva preso una decisione definitiva, e cioè che non era il caso di raccontare a voce a Consonni la sua storia, non era possibile, forse lei non era brava a raccontare, forse Consonni aveva altro per la testa, o era un cattivo ascoltatore per carattere, ma era ormai palese che così le cose non potevano funzionare e pertanto il suo racconto decise di metterlo per iscritto. Dunque si era piazzata davanti al computer e aveva cominciato, come si conviene, dall'inizio. Queste furono le prime righe che vergò:

Che cosa può capire un gatto, un bel gatto rosso, dei tuoi problemi? Eppure io ho sempre pensato che il gatto mi capisse e che fosse l'unico in grado di farlo. Mi guardava con intensità, in posizione da sfinge, ronfando per testimoniarmi che stava bene. Chi altri lo faceva con me? Nessuno, direi. Tutti mi usavano per farmi capire che non stavano affatto bene e che in certi casi la responsabilità era mia.

Se non ci fosse stato il gatto mi sarei sentita disperatamente sola. Erano le una e mezza di notte ed ero a pezzi. Avevo appena finito di correggere i compiti della quarta, un ammasso di schifezze. Avevo dovuto correggerli dopo mezzanotte, quando io e mio marito eravamo tornati dalla cena dai Mencatti, certi suoi amici, ignoranti e grezzi.

Era stata una giornata massacrante, quindi alle una e mezza di notte ero un po' fusa, ma non volevo andare a letto, però, perché in fondo quello lì era il primo momento di tranquillità della giornata. Gianni stava dormendo da un bel pezzo, e russava forte, perché alla cena dai Mencatti aveva bevuto.

La cosa carina era stata che...

Intorno alle sedici e trenta fu distratta da un boato prodotto da un motore nella corte della casa di ringhiera: si affacciò alla finestra e vide che il De Angelis aveva acceso il motore di quella macchina sportiva che aveva preso il posto della sua Opel rossa.

Poi vide una cosa che non si aspettava, l'Amedeo salì su quella vettura, chiuse la portiera e l'auto partì. Ma che cosa stava succedendo?

Il Consonni, in questi ultimi giorni, era ben stravagante. Ma che avrà avuto per la testa? Avrebbe veramente voluto saperlo. E adesso se ne era andato via col De Angelis, chissà dove. Cosa c'era sotto?

Angela disponeva della chiave dell'appartamento di Consonni e aveva l'autorizzazione a utilizzarla quando voleva. Beh, allora, interruppe il suo lavoro e ci andò.

Così entrò nell'appartamento di Consonni, decisa a capire perché quell'uomo fosse così distratto, misterioso e scostante, e che cosa stesse cercando di fare con quell'angoliera. Che ci fosse di mezzo un'altra?

Angela si introdusse in camera da letto, l'angoliera era sempre lì, chiusa a chiave: non parevano esserci novità. Poi andò nella caotica stanzetta che Consonni usava come laboratorio, dove aveva stipato i resti della sua bottega. Sul tavolo di legno c'erano, sopra uno strato di altri oggetti, pezzi di stoffa e attrezzi, le seguenti tre cose:

1) Alcuni fogli di carta recanti degli schizzi fatti dal Consonni stesso, che evidentemente servivano per un vetraio, affinché si sostituisse il pesante sportello di legno dell'angoliera con una superficie vetrata, il che non era neanche semplice perché quello sportello era bombato, e allora il lavoro del vetraio doveva essere assai complicato, realizzare un vetro fatto a mano, curvilineo, affinché l'angoliera diventasse una vetrina.

2) Vicino ai disegni c'erano dei campioni di stoffa da parati, naturalmente se il destino dell'angoliera era quello di diventare una vetrina occorreva rivestirla, a che sarebbe servita se non la si poteva vedere dall'esterno. Quei campioni erano di stoffe bellissime, con disegni anni Cinquanta, su tonalità pop dei colori fondamentali, blu, giallo e rosso (il rosso non era il rosso fondamentale, era un sanguigna) che raffiguravano tante tazzine da caffè.

O povero il mio Amedeo... pensava Angela, come è ninino. E sicuramente adesso è in ambasce perché il vetraio è naturalmente in ritardo, si sa, siamo anche sotto Natale, si è mai vista una categoria artigianale più inaffidabile dei vetrai, soprattutto sui tempi?

3) C'era anche un orsacchiotto di peluche assai malridotto, tutto ricucito con una lavorazione a vista, tanto che le cuciture esterne sembravano quelle di Franken-

stein. Mah, sarà una questione fra lui e l'Enrico, pensò l'Angela.

Ma che tenero il mio Amedeo... e io che me la prendo perché si addormenta o non presta attenzione. Probabilmente passa la notte a lavorare all'angoliera, e non dorme. La rabbia che aveva provato la sera precedente perché non stava attento era già un ricordo lontano.

Non avendo alternative Consonni si era deciso a chiedere al De Angelis se lo accompagnava fino a Usmate-Velate, dove aveva appuntamento con i genitori dei gemelli Ivan e Yuri Cavenaghi.

Consonni glielo aveva chiesto come favore personale perché si trattava di una questione di una certa importanza. De Angelis, senza fare troppe storie, aveva acconsentito. Solo che Consonni si immaginava di andare con la vecchia Opel, invece De Angelis disse: «Ma no, va là, prendiamo questa, facciam prima».

De Angelis sulla tangenziale tenne una media di 137 chilometri all'ora, rilevata dal computer di bordo, con punte di 180, indifferente agli autovelox.

Il Luis evidentemente non si rendeva conto della velocità che faceva e sulle tre corsie guidava come un adolescente in un videogioco. De Angelis bruciava noncurante gli autovelox. Ne bruciò talmente tanti che sarebbero bastati a togliere la patente a tre persone. Ma lui pensava, tanto i punti non li tolgono mica a me! Ma in questo probabilmente faceva una valutazione inesatta, della quale, forse, in futuro, avrebbe potuto pentirsi.

Quando arrivarono a Usmate, Consonni aveva lo stomaco sottosopra ed era bianco come un cencio.

De Angelis posteggiò l'auto con una sola manovra, a un isolato di distanza dalla casa dei signori Cavenaghi.

L'appartamento faceva parte di un piccolo condominio a tre piani, col garage al sottosuolo, raggiungibile tramite una rampa abbastanza ripida.

«Vuole mettere la macchina nel garage?».

«Ma no, grazie, ormai l'abbiamo lasciata qua fuori, no?» disse Consonni.

De Angelis la BMW l'avrebbe volentieri posteggiata in un luogo sicuro e lontano da sguardi indiscreti, ma Consonni non voleva disturbare.

«Faccia come vuole, ma se preferisce metterla in garage... il posto c'è, ma si sente bene?».

Consonni in effetti non aveva una bella cera, provava la nausea e sudori freddi, ciò nonostante cercò con alcune brevi frasi di sciogliere un pochino il ghiaccio.

«Vi prendo solo pochi minuti...» disse entrando nell'appartamento, nel quale faceva un caldo asfissiante e che dava l'impressione di non aver cambiato aspetto negli ultimi venticinque anni. Forse soltanto il modello del televisore in salotto, stanza nella quale lo fecero accomodare, era un po' più recente.

De Angelis preferì rimanere ai margini, disse che avrebbe aspettato nell'ingresso, o dove preferivano loro, lui era solo l'autista.

Un po' vecchio come autista, pensarono i coniugi Cavenaghi, ma se lo tennero per sé.

Consonni entrò in salotto e nonostante il calore rabbrividì, da tappezziere qual era, nell'osservare il divano e le poltrone, rivestiti di velluto sintetico di color giallo ocra, velluto fra l'altro assai consumato sulla seduta e sui bordi, ma si accomodò facendo finta di niente, mentre il signor Cavenaghi faceva gli onori di casa e la signora se ne stava un po' più in disparte, pronta a intervenire e a chiedere che cosa potevano offrire.

Consonni era in forte imbarazzo, e impiccato nella sua posizione scomoda sul divano cercava di inspirare forte.

«Che cosa le possiamo offrire signor Consonni? Ma lei è di queste parti? Consonni, Consonni, di Consonni da noi ce ne sono diversi. Lei è dei Consonni di Cantù?».

«Beh sì, la mia famiglia viene dal Canturino, insomma, siamo sempre di queste zone...».

«Lo gradisce un limoncello? Me l'ha portato mia figlia che è stata in vacanza in bassa Italia, è speciale, lo vuole assaggiare?» disse la moglie, che indossava una gabbanella scura, forse un vestito, un sacco, non si capiva bene.

«Eh, grazie, non vorrei disturbare... lo accetto volentieri... ma giusto un goccio... ci vorrà pochissimo tempo...».

La signora e il marito scivolarono in cucina, lasciando il tempo a Consonni di guardarsi intorno, in quel salotto evidentemente impiantato nei tardi anni Settanta e rimasto tale fino al tempo presente. Quello che lo impressionò era la quantità di fotografie, tutte inserite in orribili cornici di argentone, peltro, ottone lucidato, alluminio, che si trovavano sui tavolinetti e sugli scaffali. A quanto pareva il soggetto delle foto era unico, vale a dire una coppia di ragazzi sui vent'anni, identici, vestiti alla maniera di qualche anno prima.

Consonni era restio a qualificarsi come quello apparso su tutti i giornali in relazione al caso della Sfinge di Lentate ma alla fine per telefono si era deciso a farlo. Capì che a certa gente, per natura poco propensa a sbottonarsi, era sufficiente che lui si presentasse come quel signore lì, quello della Sfinge di Lentate, se ne era parlato anche in televisione, perché loro lo prendessero sul serio e lo ricevessero in salotto, come se fosse un'autorità.

«Mi scusi, ma perché lei, niente meno che lei, si occupa adesso di queste faccende, non è che ci sono delle novità? Non è che per un caso è venuto fuori qualcosa di nuovo?».

Consonni aveva ben presente il fatto che dei genitori in quella situazione avessero avuto il tempo di immaginarne di tutte. Dato che i corpi dei ragazzi non erano mai stati ritrovati, cosa impediva loro di sperare che non era vero che erano caduti in un canalone irraggiungibile, ma che forse erano scappati tutti e tre insieme verso qualche altro continente, chi può mai dirlo, quello che immaginano i giovani non lo si può intuire, chissà che quei tre non si fossero fissati su una idea, magari di fuggire lontano, forse avevano fatto un patto di sangue fra di loro, avevano scelto programmaticamente di fare finta di sparire in un incidente di montagna.

«No, non è venuto fuori niente di nuovo» disse Consonni con un po' di amarezza. Aveva capito che tutto sommato nella mente di quei tuttora disperati genitori era nato un bagliore di speranza, per esempio che quei ragazzi adesso fossero in Argentina, o nel Borneo, o in Algeria, prigionieri di qualche tribù sanguinaria.

«Non c'è nessuna novità, sto solo facendo un lavoro di ricostruzione». Consonni dentro di sé si vergognava un po'. Ma valeva la pena comunicare a quei poveri disgraziati che i loro figli non erano finiti in un dirupo mortale, e che invece erano stati vittime di un feroce criminale che li aveva sepolti vivi? No, non valeva la pena.

Ma chi era questo feroce criminale? Ecco, quello sì, valeva la pena di sapere. Ma se in qualche modo si fosse riusciti a scoprire chi era, la cosa come sarebbe stata presa dai genitori?

Consonni avvertì un'ombra di contrita delusione nei due coniugi. Chissà che cosa si erano aspettati.

I signori Cavenaghi, che avevano approssimativamente la stessa età del Consonni, all'inizio non dicevano niente, se non le solite frasi di circostanza, mostravano le foto dei figli, «Guardi questa, Ivan e Yuri vestiti tutti e due da zorro, erano due bambini d'oro... soprattutto Yuri...», e sembravano recitare malamente, neanche ci fosse la telecamera.

Ma dopo il primo quarto d'ora i due presero confidenza e allora si lasciarono andare a parlare e a parlare, come se quei ragazzi fossero scomparsi l'altro ieri, invece erano passati vent'anni.

Era imbarazzante per Consonni, quella gente non si era affatto ripresa, e forse non lo voleva neanche fare.

«Veda, le dico una cosa, perché lei mi sembra una brava persona. Quando ti muoiono due figli, dico due figli, non uno solo, dopo i primi giorni che tutti fanno a gara per essere vicino a te, ti sembra che non ti lasceranno mai solo. Ma quando si spengono i riflettori, spariscono tutti, poi dopo in paese ti fanno attorno terra bruciata. Nessuno vuole più avere a che fare con te. Ti evitano. Guardi che è ancora così, eppure ne è passato del tempo, in paese ti rifiutano, ti trattano come uno che ha la sfiga addosso, non ne vogliono sapere, è una cosa che non mi sarei mai immaginato. Perché pensano che sei uno che si tira dietro un destino cattivo, e forse per certi versi anche che porti male.

«Eppure è così... e guardi che ho avuto modo di rendermene conto meglio una volta che ci siamo incontrati con i genitori della Raffaella, quell'altra lì, che era con loro... Noi non ci volevamo neanche andare a quell'incontro, ci sembrava che non ci potesse portare altro che male, ancora male e sofferenza, però quell'incontro si è fatto, siamo andati noi a pranzo a casa loro, un'assistente sociale aveva stabilito che ci poteva essere utile. E infatti ci fu utile, perché ci trovammo a dire le stesse cose, quelle che noi pensavamo che riguardassero solo noi, invece erano le stesse che vivevano loro: vale a dire che il paese ti fa il vuoto intorno e ti lasciano da solo come una merda nel tuo dolore».

La signora Cavenaghi scosse la testa quando il marito usò quella parola, ma quando ci vuole ci vuole.

«... Anche quelli che credevi ti potessero dare una mano spariscono, non ne vogliono sapere. Soprattutto i genitori degli amici di tuo figlio, girano al largo, non vogliono assolutamente che i loro ragazzi si immischino minimamente con le tue sfighe, loro pensano che ciò li possa deprimere, poverini, che si intristiscano, perché mortificarli, solo perché sono vivi? È colpa loro? E allora anche i ragazzi sono spariti tutti, una cosa incredibile, eppure erano ben amici, o no? Lei che cosa ne pensa? Non crede?».

Consonni non sapeva che dire...

Si accorse che il loro lutto non era per nulla elaborato. Per giunta quei due genitori si erano trovati da soli, soli come cani, a fronteggiare il disinteresse e l'esclusione, se non addirittura la condanna: le cose non succedono per caso, ognuno ha quello che si merita, diceva la voce popolare.

E la stessa cosa era successa ai genitori di Raffaella, che peraltro erano morti, diversi anni prima.

Sarà stata una coincidenza, tutti e due i paeselli lombardi, con il loro campanile manzoniano, le loro abitudini, i loro valori, avevano reagito nello stesso modo, cioè avevano escluso dalla comunità le famiglie colpite da questa grave perdita.

Consonni pensando ai tre scheletri si sentiva venire meno. Ecco, che cosa sarebbe successo se qualcuno a un certo punto gli avesse detto che i loro figli scomparsi, e ormai sicuramente defunti, non erano finiti dispersi sul monte Disgrazia, ma erano stati segregati e probabilmente avevano subito una morte orribile in quanto murati vivi?

Ci vollero tre quarti d'ora a Consonni a bere il suo limoncello, ma quel lasso di tempo bastò ai signori Cavenaghi per ripercorrere gli avvenimenti.

«E quando ci hanno avvertiti, senza dirci che cosa fosse successo, e quando siamo dovuti andare lassù... e la disperazione, e il fatto che questi ragazzi non si riuscivano a trovare, la cosa è durata anni, perché lei sa, quando il corpo non si ritrova, la morte presunta, in paese, una cosa che non era mai successa...».

Il signor Cavenaghi procedeva con amarezza. «Io son sicuro che l'Ivan, e dietro di lui lo Yuri, hanno perso la vita perché a quella là le morivano dietro. Pace all'anima sua, ma se non era per lei i miei figli non si sarebbero messi in pericolo. L'han detto tutti che deve essere successo qualcosa con la Raffaella, e che gli altri due sono finiti nel canalone perché stavano dietro a quella, che era carina, non dico di no, ma a quei ragazzi, lo sa come sono i ragazzi, gli faceva girare la testa».

«Ma l'Ivan con la Raffaella ci era fidanzato? Oddio, ho usato una parola grossa, volevo dire, insomma, si volevano bene?». Consonni riuscì a fare questa impegnativa domanda, anche se l'atmosfera non sembrava favorevole.

«Eh, se ne sono dette tante, sa? Che poi fra gli scout queste cose non dovrebbero nemmeno succedere. Però quella ragazzina era una civetta, faceva la scema con tutti».

«Con tutti chi?».

«Con l'Ivan, con lo Yuri e con chi piaceva a lei, perché la Raffaella ne aveva altri di ragazzi, gente che non faceva parte degli scout, gente che stava in paese al bar e aveva già la macchina. C'è chi dice che mentre salivano per il sentiero la Raffaella sia voluta tornare indietro, da uno dei suoi fidanzati, che magari l'aspettava in macchina a Chiesa, e che i gemelli l'abbiano accompagnata. E poi non si sono più visti».

«La colpa è stata tutta di quella sgualdrina» disse la signora senza perifrasi. «A quei due gli faceva fare quello che voleva, e li ingelosiva apposta. A diciott'anni, se lo può immaginare...».

E dunque il fatto che i tre scout fossero rimasti indietro rispetto alla comitiva era dovuto a una qualche questione fra di loro, quei tre, o erano più di tre? Si erano appartati, forse avevano scelto un altro itinerario, o forse erano semplicemente rimasti indietro, perché avevano qualche cosa di cui parlare.

Che cosa era successo fra quei tre, o quattro? C'era una frizione?

E se era Ivan che aveva qualcosa da dire a Raffaella, perché si era unito Yuri? Pensava che ce ne fosse bisogno? Che il suo fratello gemello fosse in pericolo?

Possibile che si trattasse di una semplice tresca di Raffaella con qualcun altro? E possibile che questo avesse potuto portare a un'operazione così complicata, cioè condurre tutti e tre a valle, convincerli a seguire il quarto elemento dove lui li voleva condurre, e poi metterli in una situazione tale dove, in maniera poco cruenta, come testimoniavano le condizioni degli scheletri, avesse potuto organizzare una esecuzione di gruppo, forse col veleno, o col gas, o con qualche sostanza chimica, in ogni caso non a colpi d'ascia, o a fucilate?

E mettiamo che il quarto elemento volesse disfarsi della coppia che tanto gli dava fastidio: il motivo evidentemente a Consonni sfuggiva del tutto, ma così, tanto per correre dietro a un'idea, mettiamo su una situazione adolescenziale. Raffaella si era trovata ad avere una relazione con il quarto elemento, uno dei suoi fidanzatini, e mettiamo il caso che abbia scoperto qualcosa di brutto su di lui, che ne so, una cosa di cui quello lì, in paese, avrebbe avuto vergogna. Poi magari lo era andata a raccontare a Ivan, il quale aveva preso in giro il quarto elemento. Sono cose che a un adulto non fanno perdere la testa, ma magari ad un adolescente sì, e non vuole che si risappiano. Allora che cosa fa il quarto elemento? Fa in modo di eliminare coloro che conoscono il suo segreto e che oltre tutto si sono fatti beffe di lui. Magari hanno coinvolto anche lo Yuri, che era lì per un dovere che si sentiva addosso, quello di fare da paciere.

Insomma il quarto elemento sarebbe riuscito a portare i tre a fondo valle, convintili che con quella nebbia non sarebbero mai riusciti a raggiungere il rifugio, e che lui avrebbe telefonato al rifugio Desio per avvertirli che il gruppetto era tornato indietro, a causa della nebbia.

Non erano tempi di telefonini, quelli. Avrebbero dovuto raggiungere una cabina del telefono, al primo paese, a Chiesa Val Malenco, o da quelle parti. Il quarto elemento potrebbe aver agito in questo modo: far finta di telefonare al rifugio per tranquillizzare tutti, ma in realtà senza telefonare a nessuno. Poi dare un passaggio agli altri tre verso casa, certamente aveva la macchina. E quindi portarli alla cascina, che lui in qualche maniera doveva conoscere. I ragazzi avevano zaino e sacco a pelo, si sarebbero potuti facilmente convincere a restare a dormire lì, non c'era nessuno. E a quel punto il quarto elemento avrebbe agito, in un modo che andava al di là anche della fantasia del Consonni.

Mentre l'Amedeo rifletteva su queste ipotesi, la signora Cavenaghi gli si mise a sedere davanti con lo sguardo rivolto verso il basso, lui non sapeva da dove riprendere.

«Veda signora Cavenaghi, io non sono qui assolutamente per rivoltare storie passate e dolorose, non sono uno che... insomma, mette il dito nella piaga, tutt'altro, però sto raccogliendo del materiale su certe sparizioni, soprattutto in montagna, e magari, se certe cose vengono viste sotto un'altra ottica, senza pregiudizi e senza difendere a spada tratta il proprio operato, come fanno quelli del CAI o gli scout, magari si può fare qualcosa di utile per il futuro, perché queste cose non accadano più».

Consonni l'aveva buttata lì, pensando in qualche modo di ottenere una piccola solidarietà da parte della signora, solidarietà che di solito si ottiene parlando male di qualcuno, era più che sicuro che almeno nei confronti delle organizzazioni scout la signora un qualche risentimento lo nutrisse. Per non parlare del CAI.

Ma non era così. Alla signora Cavenaghi degli scout, santi o stronzi che fossero, né tantomeno del CAI – si era scoperto che un gruppo del CAI era presente nel rifugio Desio la sera dell'incidente, ma ciascuno pensava ai fatti propri... –, non importava niente, né le importava di eventuali miglioramenti futuri, che avrebbero evitato tanto dolore ad altre famiglie. Neanche delle altre famiglie, reali o virtuali, evidentemente alla signora importava.

«I nostri ragazzi hanno avuto un brutto incidente, ma loro erano tanto buoni...» disse «d'altronde, il destino è quello che è... che cosa ci si può fare?».

«Ma lei... in tutti questi anni... ha avuto qualche altra notizia... una spiegazione... un motivo particolare per...».

«No, non ho avuto niente. Ho avuto il tempo di soffrire con mio marito, meno male che abbiamo un'altra figlia. Ma se non era per lei... Che ci stavamo a fare noi qua? Il signore ci ha colpiti togliendoci i ragazzi, che altro avevamo? Me lo sa dire lei?».

«Ma ci sono tanti giovani, come erano Ivan e Yuri, e se si può evitare che facciano la loro stessa fine, per via di qualche disattenzione, leggerezza, non pensa che...».

«A me degli altri giovani non interessa niente. Per me si possono buttare giù dal burrone che gli dice il capo scout. Non mi cambia niente».

Consonni era sempre più imbarazzato e sconvolto. Non sapendo che dire chiese se poteva dare un'occhiata alla camera dei ragazzi.

«Faccia quello che vuole» rispose la signora.

La camera dei due gemelli, come succede spesso in questi casi, era stata lasciata così com'era al momento della loro scomparsa. Una tristezza infinita.

Così Consonni fece un breve sopralluogo nella stanza di Ivan e Yuri, una cameretta infantile, probabilmente l'arredamento era stato allestito quando erano bambini piccoli. C'era in più qualche poster dell'epoca alle pareti, Vasco Rossi, i Police eccetera, e qualche foto dei ragazzi, sempre insieme, anche qualcuna con gli scout. In una foto di gruppo c'erano i gemelli assieme a Raffaella e ad altri. C'era anche un ragazzo che non era vestito da scout, e che fumava con strafottenza una sigaretta. Ora, pensava Consonni, non bisogna farsi trascinare dai pregiudizi, ma quello lì, chi era?

Consonni prese la foto in mano e cominciò a osservarla. Approfittando del fatto che l'avevano lasciato solo estrasse la sua fotocamera digitale e fotografò l'immagine. Quindi uscì dalla camera.

«Beh, mi pare che non ci sia altro», disse Consonni turbato, «io non so come ringraziarvi della vostra cortesia».

De Angelis aveva aspettato con pazienza nell'ingressino dei signori Cavenaghi.

Consonni, quando uscì dal corridoio, pareva molto scosso.

Il De Angelis gli chiese se andava tutto bene e lui rispose che sì, andava tutto bene. Quando furono fuori era buio, faceva fresco ed entrambi respirarono a pieni polmoni. Dentro quell'appartamento c'era un'atmosfera pesante, asfittica, insopportabile.

«Eh, Luis, la vita ti mette di fronte a certe situazioni che sono veramente tragiche...» commentò Consonni mentre stavano per raggiungere la BMW.

«Solo che certe tragedie non si risolvono mai... non è che si passa a un altro film e quello di prima si dimentica».

Consonni in realtà confabulava con se stesso, mentre cercava di aprire lo sportello della BMW gli pareva che De Angelis neanche lo ascoltasse. E infatti non lo ascoltava, si era bloccato attonito davanti alla BMW.

«Beh, dài, Luis, che aspetti ad aprire questo sportello, fa un bel frècc».

De Angelis era letteralmente paralizzato. Il problema era che quella macchina su cui cercavano di salire non era una BMW Z3 24 valvole, ma una VolksWagen Passat, però il posto era quello dove avevano lasciato la BMW.

De Angelis si guardò intorno, disperato, la BMW non c'era più.

«Ma come, com'è possibile... e l'antifurto?».

«Eh, con questi antifurto...» disse spietato e incosciente Consonni «un professionista ci mette otto secondi a disattivarlo e con una macchina del genere...».

«Ma come...» De Angelis era in stato di catatonia «tu vuoi dire che l'hanno rubata?».

«Eh, parrebbe di sì, Luis, ma sarà stata assicurata contro il furto, no?».

«E che ne so io...» – nella mente di De Angelis era ancora in circolazione a livello preconscio la frase che Consonni aveva pronunciato poco prima "la vita ti mette di fronte a certe situazioni che sono veramente tragiche" – «l'auto non è mica mia...».

De Angelis si accasciò a terra e Consonni accorse in suo aiuto.

Nell'immediato il Luis rifiutò di essere accompagnato al Pronto Soccorso, non volle saperne niente, neanche di chiamare la guardia medica, e Consonni stentò a portarlo fino alla stazione ferroviaria di Carnate-Usmate, da dove riuscirono ad acchiappare un treno che li condusse fino a Porta Garibaldi. Fu una vera odissea.

In treno Consonni avrebbe giurato di sentire pronunciare a De Angelis la seguente frase: «eh... sarebbe meglio... sarebbe meglio... morire...». Povero Luis. Sembrava che dormisse. Lo lasciò riposare, in fondo tutto si risolve.

Beh, non proprio tutto. Nonostante l'emergenza delle condizioni fisiche e psicologiche del De Angelis Consonni non poteva fare a meno di pensare agli esiti del suo incontro con i coniugi Cavenaghi.

Era sempre più convinto che di quelle cose non se ne voleva occupare mai e mai più. Era preso da un senso di pietà dolorosa, per quelle famiglie, distrutte dal dolore, un dolore che si era allargato a macchia d'olio, una macchia che non si sarebbe mai cancellata e che la comunità non voleva neanche vedere, per la paura di esserne coinvolta. È buffo, pensava Consonni, tutti si interessano dei fatti di cronaca nera, vogliono conoscere fino all'ultimo dettaglio scabroso, vogliono sapere qualsiasi risvolto della vita passata delle vittime della cattiveria altrui o della disgrazia – e anche di quella che sarebbe stata la vita futura –, tutti questi sfortunati hanno sempre un gran futuro davanti a sé, ma delle persone che rimangono non se ne vuole sapere più niente, sono lasciate a se stesse nel loro lutto irriducibile.

Consonni si chiedeva quale beneficio ci potesse essere a rispolverare la vecchia vicenda, insomma tirare fuori gli scheletri dall'armadio, nel senso stretto dell'espressione, e rinnovare curiosità e finto rammarico.

Certamente le organizzazioni scoutistiche, che tante accuse avevano dovuto subire all'epoca, avrebbero tirato un sospiro di sollievo. «Vedete? Si fa presto a incolpare sempre gli scout della loro leggerezza in montagna, quando le cose stanno altrimenti...» eccetera eccetera.

E sui fatti, quante ipotesi sarebbero state lanciate? Molte, tutte succulente, e siccome si sarebbe rimasti probabilmente in un alone di indefinito – chi era X e chi Y – si sarebbe mantenuto un che di angoscioso, un'irresistibile nuvola di mistero, che avrebbe fatto gola a tutti. E magari sarebbe arrivato il giornalista (o anche più di uno) che si sarebbe preso la briga di ricostruire magistralmente quei giorni di tanti anni prima, ne avrebbe fatto un reportage, o forse ci avrebbe scritto sopra un libro, andando a intervistare tutti quelli che avevano partecipato a quella gita escursionistica, chiedendo loro: «Ma Raffaella che tipo era? Una ragazza senza un mignolo... È vero che se la faceva con molti ragazzi contemporaneamente? Anche con tutti e due i gemelli? Che cosa era successo veramente?». E perché il quarto elemento, il responsabile di tutto – ma non poteva esserci anche un quinto elemento, o un sesto? – avrebbe fatto quello che aveva fatto? Per gelosia, o per crudeltà, o per scommessa? O per altri misteri che rimarranno per sempre nella tomba? Ma quale tomba, il vano murato della cascina dove sono stati ritrovati gli scheletri? E questo quarto elemento adesso dov'era? Che vita faceva? Non era lacerato dai sensi di colpa? Oppure era pronto a colpire di nuovo, ammesso che non l'avesse già fatto? Oppure era morto, magari perché qualcun altro che sapeva lo aveva eliminato. C'erano altri misteri insoluti che potevano essere visti da una nuova prospettiva? C'era da farsi venire la bava alla bocca.

Consonni recitava a se stesso una specie di mantra, guardando fuori dal finestrino appannato del regionale. La cosa per lui finiva lì. Quegli scheletri dovevano sparire, ma questa volta per sempre, una volta per tutte. Che senso avrebbe avuto portarli alla Polizia, oppure metterli in pasto al pubblico, che era la stessa cosa?

Per i disgraziati parenti avrebbe significato passare da una mesta rabbia nei confronti del destino o del creatore, o della montagna maledetta, o delle organizzazioni scoutistiche, all'odio nei confronti di uno sconosciuto che era colpevole di quell'atroce delitto. Ma tutto ciò avrebbe rappresentato un miglioramento?

Beh, c'era il fatto religioso, quello della sepoltura. Finalmente i ragazzi avrebbero potuto godere di tutti i riti del caso e riposare in pace in cimitero. Ma questo avrebbe risolto qualche problema? Mah, per la comunità paesana forse sì, le forme si sarebbero rispettate, nel giudizio dei più. E i vicini di casa non avrebbero più commentato: «E non hanno potuto neanche dargli una dignitosa sepoltura...». Qualcuno si sarebbe tranquillizzato sapendo che quei tre forse erano stati murati vivi?

Non era meglio che si pensasse che i loro corpi erano finiti in un luogo irraggiungibile e inviolato, in alta montagna, e lì riposavano in pace?

Consonni scese dal treno, sostenendo il De Angelis che non mostrava segni di recupero, cercando di organizzare mentalmente il passaggio successivo, che era quello di eliminare gli scheletri dalla faccia della terra.

Intorno alle diciannove e quarantacinque Erika stava rientrando a casa. Era andata a fare la spesa in un microsupermercato all'angolo. Al sesto scalino, forse a causa dei suoi tacchi acuminati che fornivano una base d'appoggio veramente esigua, scivolò.

Riuscì a evitare di precipitare a terra, ma il sacchetto della spesa le cadde violentemente per le scale, rimbalzando per tutti e sei gli scalini.

Purtroppo i prodotti acquistati da Erika erano fragili.

Si ruppero le quattro uova, la bottiglietta di olio di oliva (sic tale denominazione, non vergine, non extravergine), il barattolo di maionese. Il contenuto di tutte queste bottiglie o barattoli si era riversato all'interno del sacchetto, impregnando malamente anche i due panini. Da parte loro anche le quattro confezioni di Activia si erano rotte e accartocciate, e il prodotto era andato a unirsi all'orribile miscuglio. Era tutto da buttare.

Le patate si erano disperse in fondo al vano scale, ed Erika si piegava a terra cercando di recuperare almeno quelle.

Lei, che pure di solito era una persona difficile a scoraggiarsi, perse per un attimo il controllo. Cominciò a sacramentare violentemente. In giornata aveva lavorato in casa di una signora del vicinato, la quale durante le tre ore di lavoro, pagate sette euro l'una, non si era distratta un attimo, nell'intento di sorvegliarla.

I 21 euro se ne erano andati in quella spesetta, e ora erano svaniti per sempre.

Claudio, che stava rientrando in casa, vide Erika lì, sulle scale, chinata sul contenuto miscelato della sua busta di plastica, intenta a recuperare il salvabile, cioè nulla.

Egli si paralizzò dietro a quel sedere, così rotondo e abbondante, tonico ed evidenziato da quelle macchie di scoloritura sulle chiappe dei jeans che per un certo periodo sono andate di moda, e che lo stesso Claudio in altre circostanze avrebbe stigmatizzato negativamente, come aveva fatto Caterina, ma che ora era occupato a fissare intensamente.

«Signora, la posso aiutare?» disse con galanteria.

Erika, che stava ancora imprecando, chiese perdono. «Oh, mi scusi sa, ma guardi cosa mi è successo» disse lei a culo in su, alla ricerca delle sue patate. «Lei è molto gentile».

Claudio la affiancò, cercando di darle una mano in quella operazione.

E ora che cazzo mangio io stasera? rimuginava Erika, forse credendo di non essere ascoltata.

«Che disastro...», commentò Claudio, «posso fare qualcosa per lei, per rimediare?».

«Oh, la ringrazio...» disse Erika mettendosi per la prima volta all'impiedi e cercando di darsi un contegno, il che equivaleva a mostrarsi di fronte, aggiustandosi con grazia la maglietta che le era andata fuori posto «la ringrazio, ma vedrò di...».

«Senta» fece il maschio «non credo che dopo quello che è successo lei abbia voglia di (o qualcosa da, pensò) cucinare, mi posso permettere di invitarla a prendere una pizza con me, qua vicino, da Mario?».

«Oh, ma che dice, lei è troppo gentile, è troppo disturbo» disse Erika con un filo di ipocrisia, aveva fame e niente da cucinare, e la semplice idea di una bella pizza, pagata, le faceva venire l'acquolina in bocca.

«Ma no guardi, anch'io (pesante allusione) sono da solo, e non ho nessuna voglia di cucinarmi l'ovetto, se lei accetta mi fa un gran piacere».

«Beh, se insiste» disse civettuolamente Erika. «Mi

lasci un secondo per buttare questa roba e rimettermi un po' in ordine».

«Bene, allora ci troviamo fra dieci minuti qui, le va bene?».

«Okkei, a fra poco...».

«Okkeiii, a fra pocoooo...» aveva scimmiottato fra sé e sé la signorina Mattei-Ferri, caricando il tono con una voce strascicata da strega, confermata nella sua certezza che gli uomini sono tutti dei gran maiali.

La serata – a parte che Erika si fece attendere, come una vera signora, per ben più di dieci minuti – procedette molto bene. Presero tutti e due una bella pizza napoletana (preparata da un egiziano), e alla fine Claudio insistette tanto perché Erika gradisse anche un tiramisù (confezionato) e un Amaro Lucano.

Claudio stupì se stesso perché bevve solo mezzo litro di vino, mentre Erika prese una birra.

La conversazione toccò vari punti... fra i quali naturalmente un accenno alla brusca interruzione delle storie familiari di entrambi. E ne avevano da raccontare di fatti...

Erika non era abituata ad avere a che fare con un uomo di sesso maschile che si esprimesse parlando, Claudio non era abituato a parlare con qualcuno di sesso femminile che lo stesse a sentire con interesse.

Manco a farlo apposta la sera stessa arrivò intorno alle 21 e quindici il nipote di De Angelis, che quando vide che nella piazzola riservata non c'era nessuna

BMW Z3 accelerò il passo e bussò freneticamente alla porta dello zio, per avere delucidazioni.

De Angelis non voleva aprire la porta, terrorizzato e semisvenuto, ma Daniel ricorreva alle più pesanti minacce. «Zio, esci fuori immediatamente, cosa ne hai fatto del BMW, dove l'hai messo? Io ti ammazzo! Apri, apri questa porta di merda!».

In tutta la corte della casa di ringhiera risuonò il subbuglio, in molti si affacciarono, fra i quali anche Consonni, che capita la situazione sentì il dovere di intervenire, solo che forse finì per peggiorare le cose.

«Si calmi, si calmi, il Luis non si è sentito bene, è stato molto male... si calmi».

«Già, e perché dovrei calmarmi, che fine ha fatto il BMW? Gliela faccio fare io al Luis una brutta fine...».

Insomma, mentre il De Angelis si ostinava a non aprire il Consonni si trovò costretto a raccontare a Daniel come erano andati i fatti. Il tutto all'aperto, con un freddo sferzante.

«Lei mi vuol dire che mio zio ha preso il BMW, che lo ha guidato, che si è fatto un giro? Ma chi glielo ha detto, chi glielo ha permesso, lo sa o no che è una macchina in conto vendita? Lo sa che gli avevo chiesto di tenerla qui, al sicuro, proprio perché non sapevo dove metterla, perché avevo paura che me la ciulassero?».

«Ma ci sarà pure una assicurazione contro il furto!».

«E le pare che se c'era una furto io chiedevo a mio zio di tenermi la macchina?».

Il De Angelis non apriva, ma sicuramente era in grado di ascoltare quelle grida dal suo appartamento, soprattutto l'ultima frase.

Daniel prese il Consonni per il colletto della camicia. «Dica a mio zio che domani, domani stesso mi deve consegnare 25.000 euro, che era la cifra di vendita. Domani a mezzogiorno passo di qui, gli do il tempo di andare in banca, e che si procuri quella cifra, se no saranno problemi per tutti...».

Cominciò a martellare di pugni il portoncino di De Angelis.

«Bastardo, se domani non mi fai avere i venticinquemila io ti spacco la faccia e ti brucio la casa e ti mando in galera, hai capito? Domani a mezzogiorno!».

«Ma guardi che domani è domenica, le banche sono chiuse» intervenne timidamente Consonni, che solo adesso si rendeva conto di quale guaio stesse passando De Angelis, e la colpa in parte era anche sua.

Il nipote si bloccò alla notizia.

«Va bene, passo lunedì a mezzogiorno, ma glielo dica a quel pazzo, i soldi devono essere pronti! E in contanti...».

Consonni se ne era tornato a casa, turbato ma deciso. Aveva preso accordi col Barzaghi per la mattina successiva, era stato laconico e lapidario: «Vieni domattina alle dieci e mezza a casa mia, poi ti spiegherò tutto», non si sa mai, a parlare chiaro per telefono, ti possono intercettare.

Mentre era all'apparecchio aveva visto la bottiglia di whisky e deciso, con tutto quello stress, di berne un goccetto. La aprì e se ne versò un bicchierino. Lo assaggiò, aveva un sapore strano, ma si sa, questi whisky torbati sanno di catrame. Non gli piaceva affatto.

Guardò il display del telefonino, c'erano sette chiamate tutte di Caterina, che probabilmente aveva da attaccarlo su tutti i fronti: e la baby-sitter, e la febbre che secondo lei sicuramente era colpa del nonno, e la televisione e mille altre cose. Ma ora Amedeo non aveva voglia di occuparsi di queste faccende, voleva solo che quei tre poveri ragazzi sparissero definitivamente, dopo essere ricomparsi per caso sulle scene.

Tuttavia, nella sua mente, già si diramavano i possibili sviluppi di una investigazione. Far vedere la foto a don Stefanelli, per esempio, per capire chi era quel ragazzo che fumava la sigaretta. E cercare di sapere chi erano i suoi amici. Chi aveva la macchina e chi no, chi aveva amici più grandi. E poi, magari con l'aiuto di Claudio e del suo computer, indagare su che fine avessero fatto tutte queste persone. In questi ultimi vent'anni nella zona erano accaduti altri fatti interessanti? Ma se per caso Consonni fosse riuscito a conoscere la verità, l'avrebbe raccontata a qualcuno? A chi? Al Barzaghi, all'Angela, alla Polizia?

Il bicchierino rimase lì, quasi pieno, Consonni si fece una doccia. Poi andò a letto, e nonostante tutti i pensieri che aveva per la testa si addormentò tranquillo e dormì un sonno profondissimo senza sogni.

Domenica 21 dicembre

La mattina del 21 dicembre, verso le dieci e mezza, la signorina Mattei-Ferri vide Consonni aprire la porta del suo appartamento, guardarsi intorno, lanciare uno sguardo indagatore anche verso la sua finestra. Poi l'uomo rientrò in casa, ma ne riuscì presto portandosi dietro tre grossi sacchi della spazzatura sulle spalle, di contenuto ignoto. Che faceva? Chissà cosa c'era nei sacchi, cappotti? Biancheria intima? Altro?

Consonni se ne uscì fuori dal portone principale.

Lo aspettava il Barzaghi col motore acceso della sua Skoda. Caricarono i sacconi nel vano posteriore e partirono alla volta di una località che conosceva il Consonni, in riva al fiume Adda, il fiume più sacro che ci fosse da quelle parti.

Una volta in auto Consonni parlò, pur senza dire a Barzaghi quello che veramente sapeva. Gli spiegò che gli era noto a chi appartenessero quei tre scheletri, ma che non glielo avrebbe detto. Comunque non c'era di mezzo la sua famiglia, qualcuno doveva aver scelto quella cascina per caso, visto che era abbandonata. Ma sull'intera faccenda era meglio non diffondere troppe notizie.

Barzaghi ne fu sollevato, ma voleva saperne qualcosa di più: «Ma a quando risalgono i fatti?».

«Mah, più o meno come pensavi tu, all'inizio degli anni Novanta...».

«Ma ne sei sicuro?».

«Ne sono sicurissimo».

«Ma io avrò degli strascichi?».

Consonni disse che si trattava di una brutta storia e che era giusto non aggiungere altro, e se la faccenda non veniva riportata agli onori delle cronache era meglio per tutti, si sarebbe solo aggiunto del male al male, non sarebbe migliorata la vita di nessuno.

Barzaghi non ci capì niente, e domandò: «Sì, ma ora che facciamo?».

Verso mezzogiorno raggiunsero l'Adda in una zona che conosceva Consonni, arrivando da Boffalora, non lontano da Lodi. Da quelle parti il fiume era largo e sinuoso, Consonni si ricordava che quando era piccolo suo padre ce lo portava a fare il bagno. Una zona dove il potente fiume spesso esondava. Consonni stentava a riconoscere i luoghi. Prese con sé la sua borsa e si sedette sulla riva sassosa.

«Beh, Carlo, ho portato dei panini imbottiti con la brianzetta, cosa dici, mangiamo adesso?».

«Ma sì, va là, che ho appetito». Estrasse dal vano portaoggetti della Skoda una bottiglia di Bonarda, e l'aprì con il cavatappi del suo coltellino svizzero.

In riva al fiume fecero il loro pic-nic.

«È bello qui, eh?».
«E sì eh, e sì che è bello».

Più o meno alla stessa ora Donatella varcò prudentemente la soglia del portone principale della casa di ringhiera, seguita a pochi centimetri da Gianmarco e Margherita, come se quelli tentassero di usare lei come scudo, e lentamente i tre giunsero alla porta del loro appartamento.

Donatella bussò piano piano. Nessuna risposta.

Bussò più forte, più volte, ma non ottenendo esiti suonò il campanello, prima un trillo breve, poi delle belle scampanellate.

Finalmente Claudio arrivò alla porta, la aprì, si affacciò sonnacchioso all'uscio, guardò chi era quello stronzo che gli veniva a rompere la scatole la domenica mattina, poi vide di chi si trattava ed ebbe un sussulto.

«Ciao Claudio» gli disse timidamente la moglie, cercando di far capire subito che erano arrivati in pace. «Come stai?».

Claudio vide i bambini, non sapeva come reagire, se accogliere i tre o se aggredire subito quella combriccola, senza neanche farli entrare. Decise, per ovvi motivi, per la seconda ipotesi.

«Che volete? Che siete venuti a fare? Andatevene via!».

«Ma non ci fai entrare?».

«No, almeno finché non verrete qui col mandato del giudice, io non vi faccio entrare, levatevi dalle balle, e subito!».

Donatella si era immaginata che non sarebbe stato facile, ma non così duro.

«Ma guarda che loro sono venuti qui a chiederti scusa, si sono pentiti di quello che ti hanno fatto. Mi hanno raccontato tutto, e ti assicuro che io non lo sapevo, non ne sapevo niente, te lo giuro».

Claudio in pochi secondi recuperò tutta la rabbia che aveva in corpo, della quale per qualche ora si era dimenticato.

«Hai un bel coraggio! E tu pensi che io ci creda? Pensi che possa credere che hanno organizzato tutto da soli?».

«Ma è così... è così... te lo giuro!».

«Tu giuri? Ma su cosa giuri, su questo beato c...».

Claudio era già in orbita.

«Ma non possiamo parlare dentro? Qui ci sentono tutti...».

«Io me ne frego se ci sentono tutti... Io non vi voglio vedere, e soprattutto non voglio vedere te, che mi vuoi morto!».

Il tono di voce saliva sempre di più, ora la signorina Mattei-Ferri poteva ascoltare distintamente. E che avevano combinato quei piccini? E la moglie?

I bambini se ne stavano muti sul ballatoio, a una certa distanza dalla porta, non si sa mai.

Claudio stava cominciando a fare una delle sue piazzate, si mangiava le parole, urlava, come fosse ancora ubriaco.

In effetti si comportava come al solito, ma in realtà non era ubriaco, era lucido, recitava solo un po', stava calcando la mano, perché voleva che quei tre se ne sparissero dalla circolazione, e subito.

Quindi caricò le espressioni e la forza con cui erano manifestate. A questo punto lo poté ascoltare anche Erika, che stava dormendo tranquillamente. Sentì tutto quel trambusto e si alzò dal letto. Ancora annebbiata, uscì dalla camera, attraversò il salotto e raggiunse Claudio alle spalle.

«Beh, che sta succedendo, Claudio?».

Anche il De Angelis poté ascoltare la sfuriata di Claudio, così come le successive urla di Donatella, quando lei e i bambini se ne andarono via. L'ultima frase che riuscì a decifrare fu: «Ci vediamo presto, verrò qui con le forze dell'ordine, prepara i bagagli».

«Lo vedremo, lurida assassina» fu la risposta di Claudio.

Ma De Angelis aveva tutt'altro a cui pensare, viveva nel terrore, avrebbe voluto morire.

E ora come fare? Avevano rubato la BMW perché lui era andato a fare un giretto, che scusante poteva esserci? Lui la macchina non la doveva toccare, nemmeno col panno di camoscio, e invece l'aveva usata ben due volte. Poteva addirittura essere accusato di furto, o comunque di un qualche reato.

Non intravedeva alcuna soluzione, se non quella di pagare. Rimuginava senza darsi pace.

A toglierlo dalle incertezze fu una telefonata di Daniel, che non sembrava fare scherzi, d'altronde la macchina la doveva pagare lui?

Daniel fu perentorio: «Tu conosci me, ma non conosci certi miei amici, che sono dentro l'affare. Loro non si limitano a farti un urlo come faccio io, loro ti rompono in due. Per cui ricordati bene, lunedì mattina i soldi devono essere pronti».

De Angelis avrebbe voluto non essere mai nato, altro che morto.

Una domenica è lunga da passare se si hanno dei pensieri del genere. De Angelis era talmente disperato che prese in considerazione anche l'ipotesi di togliersi la vita. In fondo, a che valeva vivere? Pensò alla sua Opel Vectra 1600, ma il pensiero non lo rassicurò. La aveva messa da parte per un'infatuazione, con che coraggio la avrebbe riposteggiata nella piazzola? E poi c'era la questione dei suoi risparmi. In totale ammontavano a 65.000 euro, ma tolti i 25.000, come avrebbe potuto affrontare il resto della vita? E se si fosse ammalato? Che ci avrebbe fatto con i pochi soldi rimasti? Per non parlare della vergogna. Si era fatto portar via la BMW come un cretino, che senso aveva vivere ancora? Dunque cominciò ad immaginarsi le modalità del suicidio. Di pasticche non ne possedeva, sfortunatamente godeva di una salute di ferro, e in vita sua aveva preso al massimo un'aspirina. Ne aveva di aspirine? E se ne avesse inghiottita una confezione intera sarebbe bastato? No, c'era sempre il rischio di sopravvivere.

Occorreva trovare un sistema più sicuro, buttarsi di sotto dalla ringhiera? Macché, anche se fosse salito al piano superiore erano poco più di sei metri. Sarebbe rimasto vivo, malamente, e per di più i soldi della BMW li avrebbe dovuti tirare fuori lo stesso. Una fucilata in bocca? E dove lo andava a trovare adesso uno schioppo? E poi che impressione, non avrebbe mai avuto il coraggio di farlo. L'unica era impiccarsi, chi si vuole suicidare veramente si impicca, non c'è modo di fallire. Bastava una corda, e una trave a cui attaccarla. Ce l'aveva una corda? Sì che ce l'aveva, nella bauliera della Opel, il gancio di traino. Era robusta e lunga a sufficienza.

Obnubilato si infilò il cappotto e il cappello e andò a recuperare la corda nella Opel, ma a lei non parlò. Quasi quasi le avrebbe raccontato una balla, che so, che la corda gli serviva per prestarla a un suo vecchio amico che era rimasto in panne, ma preferì non dire niente. Anche la Opel rimase impassibile.

Una volta tornato nell'appartamento valutava la maniera di attaccare la corda in alto, facendola passare sopra la trave. Come fare? Non aveva uno scaleo abbastanza alto. Oh signur, ma perché la vita ti pone di fronte a queste prove? Adesso che faccio, vado a chiedere la scala in prestito a qualcuno?

De Angelis si accasciò di nuovo sulla poltrona, ritenendo di essere un fallito, per sempre e comunque. Non mi riesce nemmeno di attaccare una corda. E poi il nodo scorsoio lo sapeva fare? Macché, non avrebbe saputo da che parte cominciare.

E se provassi col gas? Chi mi impedisce di farlo col gas? Com'è che non ci ho pensato prima.

Andò in cucina, traballando, appoggiandosi alle pareti. Già, e se esplode tutto? Che ne sarà della casa? Andrà completamente distrutta.

Questo pensiero rattristò De Angelis. La mia casa, ho lavorato tutta la vita per comprarmela, e adesso, se ne va via con me? Che peccato... Ma subito un altro pensiero prese il posto del precedente. Eh, già, ma se io muoio e la casa non esplode – e poi perché dovrebbe esplodere? – mica accendo un fiammifero. La casa, quando io non ci sarò più, andrà, insieme ai miei 65.000 euro all'Ernestina, cioè a quel cretino di suo nipote.

In effetti De Angelis non aveva altri eredi, e dunque, meglio pagare seduta stante i 25.000, oppure regalare una casa e altri beni alle stesse persone?

Eh no, fermi tutti, eh no.

Anzi, sapete che c'è, quegli stronzi non avranno un bel niente. I miei risparmi si riducono all'osso per questa storia della BMW? Bene, allora domani vendo la casa, vendo la nuda proprietà, così rimarranno a bocca asciutta.

A me cosa me ne importa? Ma certo, ma perché devo fargli un piacere? Così imparano ad attentare alle mie proprietà.

De Angelis tornò nel salottino, prese la corda di traino e la gettò in terra.

Ah no! Per la miseria.

Spossato, si sedette, questa volta compostamente, sulla poltrona.

Consonni si era procurato tre urnette per le ceneri, il suo scopo era quello di raccoglierle e poi di disperderle, nel fiume, o in montagna, si sarebbe visto al momento.

«Caro Barzaghi, se ci scoprono a fare questa cosa siamo fritti, lo sai, vero?».

«E infatti io non la vorrei proprio fare, ma perché dobbiamo metterla in questa maniera? Ma non facciamo prima a buttarli nel fiume? O in una discarica, li facciamo in briciole a martellate, nessuno capirà che si tratta di ossa, non è lo stesso?».

«Ma tu non hai rispetto per niente e per nessuno!» esclamò Consonni, inorridito. «Si tratta pur sempre di resti umani, li vuoi prendere a martellate?».

«No, beh, dicevo così per dire, è la prima idea che mi è venuta in mente... ma adesso dov'è che andiamo?».

Finalmente, dopo due ore che giravano in lungo e il largo per la cassa di espansione dell'Adda, riuscirono a trovare un posto che sembrava adatto, una radura sulle rive del fiume, un luogo desertico e maledetto, sotto un cielo scuro scuro.

Con grande circospezione estrassero gli scheletri dalla bauliera e li disposero a terra, su una riva di terra secca e sassosa. Consonni si era procurato alcune bottigliette di liquido infiammabile per barbecue, in effetti utilizzare questo prodotto gli pareva un po' irriguardoso. Senza di quello gli scheletri non avrebbero mica preso fuoco. Aveva pensato all'eventualità di reperire un vecchio forno a legna, per eseguire la cremazione, ma in Lombardia non ce ne sono più, e poi, non sarebbe stato altrettanto irriguardoso estrarre le ceneri col padellone da pizza?

Vedete che cosa succede a non leggere i libri. Se solo Consonni avesse letto con attenzione quel libro che aveva preso in prestito in biblioteca, quello sulle ossa dei morti, avrebbe appreso che per bruciare le ossa umane – e non – ci vogliono temperature altissime, e nonostante queste le ossa mantengono una certa consistenza, per ridurle in cenere bisogna poi lavorare di fresa o di pestello. Ma purtroppo Consonni non aveva avuto il tempo di leggere quel libro e così pensava che le ossa, con l'aiuto del prodotto per barbecue, utilizzato in dosi abbondanti, avrebbero preso fuoco come fiammiferi e sarebbero divenute immediatamente cenere.

Si sarebbero offesi gli interessati? Consonni ci aveva pensato a lungo, nel corso della mattinata, essendosi alzato alle sei, ma per loro era meglio passare qualche anno in obitorio, o in un laboratorio scientifico, a farsi sezionare da maniaci che si divertono a prendere un teschio in mano, scimmiottando Amleto?

Almeno lì erano sulle rive di un grande fiume, e le fiamme sarebbero andate in alto nel cielo. Consonni si era procurato una palettina d'argento, di quelle per raccogliere le briciole nei pranzi di lusso, con la quale tirar su alla meno peggio le ceneri. A quel punto le avrebbe inserite nelle tre piccole urne di terracotta. Avrebbe voluto scrivere a pennarello su ciascuna urna il nome del proprietario delle ceneri, ma poi desistette, in realtà gli pareva chiaro quali fossero le ceneri di

Raffaella, ma sui due maschi non sapeva come comportarsi. Quindi non scrisse niente.

Consonni e Barzaghi prima di dare fuoco si fecero il segno della croce. Il rito dell'incinerazione non è visto di buon grado dalla Chiesa cattolica, ma il Signore, pensava Consonni, non si sarebbe formalizzato più di tanto, e se un domani avesse voluto permettere anche a quei poveri ragazzi il privilegio della reincarnazione avrebbe pur trovato il mezzo per farlo. Preferiva che quegli scheletri rimanessero murati dove avevano passato una ventina d'anni?

Per quanto riguarda il colpevole dell'atroce omicidio dei tre ragazzi, Consonni era fiducioso che il Signore avrebbe pensato anche a lui, con una pena eterna proporzionata al crimine. Ma forse, chissà, l'interessato stava già scontando una pena terrena da qualche parte. O forse stava per scontarla.

Molto emozionato, Consonni si avvicinò alle ossa, e dopo averle cosparse col prodotto infiammabile, in una quantità che sarebbe stata sufficiente ad accendere un paio di centinaia di barbecue, tirò fuori dei fiammiferi. Barzaghi gli stava dietro e si guardava in giro, nel timore che qualcuno li potesse scorgere.

Poi Consonni procedette, con qualche esitazione perché c'era un po' di vento che gli spegneva i fiammiferi. Il cielo era scurissimo e minaccioso, fra una storia e un'altra si erano fatte le tre del pomeriggio, ma sembrava che mancasse poco all'ora del tramonto. Appiccò il fuoco al primo, poi al secondo, poi al terzo scheletro. Le fiamme prima si svilupparono come un alone di un colore rosa-bluastro, probabilmente era il liquido infiammabile rimasto in superficie, poi gli scheletri presero fuoco e la fiamma si fece del tutto blu.

Nella grande commozione Consonni era incantato, nel senso etimologico, impietrito, osservando quelle brillanti fiamme celesti. Ma che strano, non si sarebbe immaginato che le ossa dei vertebrati producessero quel colore, d'altronde non ne aveva mai vista bruciare alcuna.

E poi l'odore. Era un odore assai strano, sembrava puzzo di...

«Uei, Amedeo, guarda che arriva gente...».

«Cosa? Come? Dov'è che...».

In effetti la grande fiammata sul greto del fiume non era passata inosservata, anche nei posti più appartati c'è sempre qualcuno in giro, a curiosare.

A non molta distanza si intravedevano dei fanali di automobili, nella foschia grigia, che sembravano avvicinarsi.

«Presto Amedeo, andiamocene... scappiamo...».

I due in pochi secondi furono in macchina. Il Barzaghi guidò per qualche centinaio di metri a fari spenti, tanto il falò bastava e avanzava ad illuminare la strada, di rosso rosato, di arancione e di blu. Dopo aver svoltato più volte a destra e a sinistra si persero, poi riuscirono a sbucare su una strada asfaltata che li condusse fino alla provinciale. Alla fine ripresero in direzione Milano.

Le tre persone la cui curiosità era stata sollevata dal falò erano già sul posto, le fiamme si erano già abbassate di un bel po', in mezzo a quel pasticcio, terminato il prodotto per barbecue. La plastica ribolliva sul terreno, fino a sedimentarsi come colla. Poi le fiamme quasi scomparvero, restavano solo piccoli focolai, qua e là. Di sicuro gli scheletri non si riconoscevano più.

I tre osservavano quello che rimaneva dopo la combustione, una sorta di pasta molle che friggeva alla fiamma e che poi si depositava sul suolo come una patina di PVC bruciato.

Mentre le caccole di plastica bruciata continuavano a soffriggere sul terreno, ormai il fuoco era ridotto a basse fiammelle qua e là, uno dei tre disse:

«Ma guarda te questi qui che vengono la domenica a bruciare la roba sul greto del fiume, io sono contro la pena di morte, ma per questi maiali qui...».

Durante il viaggio di ritorno Barzaghi e Consonni non si dissero niente, ma entrambi riflettevano.

Il primo pensava all'intera faccenda con un senso di liberazione. Prima di tutto non avrebbe avuto guai con l'agriturismo, anche se avessero ritrovato un po' di ossa bruciacchiate sulla riva dell'Adda, come le avrebbero potute mettere in relazione con la cascina di Rovagnate? Inoltre si sentiva sgravato da quei vecchi dubbi che non aveva comunicato a Consonni. Chi erano i tre morti lo sapeva lui e che se lo tenesse per sé al Barzaghi non dispiaceva affatto.

Consonni invece pensava alle persone scomparse.

Sembra impossibile ma la gente si appassiona alla questione delle persone che non si trovano più. In tutti i paesi del mondo esiste una trasmissione TV che è specializzata in questo settore. Non solo si interessano parenti e amici degli scomparsi, questo è più che legittimo, se ne interessano anche ignoti che gli scomparsi non li conoscono affatto, e neanche da dire che si tratti di una curiosità paesana, o per lo meno limitata all'interno della cerchia delle mura cittadine. No, la persona scomparsa stuzzica la curiosità anche a centinaia di chilometri di distanza.

E quando uno sparisce dalla circolazione quello che gli è successo si può soltanto immaginare o presagire. Quindi non è una curiosità sadica come nel caso di ragazzine stuprate e trucidate, oppure di uxoricidi di provincia, o regolamenti di conti di condominio, tutte situazioni in cui il curioso è giustificato da puri e semplici meccanismi di immedesimazione personale nel carnefice.

Quando uno scompare, in chi ti immedesimi? Oppure in quali pratiche di tortura ti identifichi? No, quello che è successo alla persona introvabile non lo sai proprio, forse il fascino sta proprio qui, o nella ricchezza della tua immaginazione, che riesce a riprodurre quadri completi di evenienze probabilmente infauste.

Se quella che non si riesce più a trovare è una adolescente chi è che va a immaginarsi che sia fuggita con un principe azzurro ultramiliardario, che l'ha portata via per sempre da una famiglia bigotta e repressiva, e le ha dispiegato una vita di lussi e di felicità, lontana dalle ristrettezze della provincia, dalla mentalità piccolo borghese, da un destino di precariato se non di disoccupazione, eventualmente aggirato da un triste matrimonio di riparazione, con un signore che ha venti anni più di lei?

No, Consonni non credeva che l'immaginazione dei curiosi andasse a parare in queste direzioni. Quando una ragazzina scompare ci si immagina che in uno squallido scantinato della cintura una serqua di aguzzini la stia tenendo prigioniera e la stia vessando in termini di torture fisiche e psicologiche. Ed è alla ricerca di questo genere di soluzioni, quasi direi nella speranza, che si seguono questi casi lontani. Ma perché, si chiedeva Consonni?

Fu preso da una piccola dose di pessimismo sul genere umano: la gente ama vedere la sofferenza altrui e le persone scomparse danno più dolore di quelle morte.

Pensò anche alla disparita di Bubu. Quella la si sarebbe potuta evitare, che bisogno ce n'era. Ma le mamme, si sa, le mamme. Eppure Bubu poteva risorgere, possibilità che difficilmente sarebbe stata concessa a quei tre ragazzi, all'ingegner Viganò e alla BMW 3.2.

Quando scese dall'auto del Barzaghi gli disse: «Facciamo che non è successo niente, ma tu non ti fare mai più vedere, almeno per i prossimi vent'anni...».

«... ma io che ho fatto di male...».

«Va' ciapà i ratt, Barzaghi».

Erano passate le diciotto quando Consonni rientrò spossato nel suo appartamento. La giornata era stata massacrante sia sul piano fisico che su quello psicologico. E ora mille pensieri gli confondevano la mente.

Prese la macchina fotografica e la accese, cercando la foto che aveva fatto al ritratto di gruppo in casa Cavenaghi, era in uno stato d'animo tutto sommato riassuntivo e quindi melanconico. Il display era troppo piccolo, non si vedeva niente. Ma chi era quel ragazzo che fumava? Consonni altalenava fra pensieri del tipo «io quel mostro lo troverò» e altri del tipo «la faccenda è chiusa qui», ma fra le due soluzioni c'era una tale distanza che Consonni era confuso. Che valesse la pena di passare la foto ad Angela, che con la sua stampante laser avrebbe potuto fornirgli un bell'ingrandimento a colori?

Voleva prendere qualche appunto, sulla chiusura o meno del caso, sul suo piccolo quaderno. Anzi, perché non dare alle fiamme anche quello? A chi sarebbe potuto servire? Andò a prendere il suo quadernetto, quello dove appuntava via via le sue elucubrazioni. Ma dov'è che l'aveva messo?

Lo cercò e lo cercò, ma non si trovava. Ma dove poteva essere finito? Era dal giorno precedente che non ci aveva più messo mano. Si ricordava benissimo di averlo portato con sé a Usmate dai genitori dei gemelli, ma dopo, con quello che era successo, il furto della BMW, i malori del De Angelis e tutto il resto, effettivamente non se lo era più ritrovato fra le mani.

Oh santa Madonna, pensava Amedeo, l'avrò mica lasciato dai signori Cavenaghi? E dove altro potrei averlo dimenticato? E se l'hanno aperto? E certamente che l'hanno aperto, con tutte le curiosità che hanno quei due, e un filo di speranza.

E se hanno letto quando ho appuntato: «Chi ha ucciso i tre scout?».

Oh, mamma mia...

Consonni mise a soqquadro tutta la casa ma il quadernetto non veniva fuori. Ma dove...? Era evidente che l'aveva lasciato dai Cavenaghi.

Oh santo cielo, sono rovinato per sempre... e ora che faranno i Cavenaghi? Chiameranno la Polizia, e quelli verranno da me, o dal Barzaghi...

Mentre Consonni era invischiato in queste angosce, e non sapeva cosa fare, chiedere per telefono ai signori di Usmate se avevano per caso ritrovato un piccolo quaderno – ma non era una dichiarazione di colpevolezza? – oppure andare a cercare innocentemente di recuperarlo, nella corte della casa di ringhiera fece il suo ingresso una vettura scura di grandi dimensioni.

La signorina Mattei-Ferri la notò subito, lei di macchine non se ne intendeva, ma quella grossa berlina sembrava una di quelle che di solito vengono chiamate auto blu. Saranno mica della ASL? si domandò, dimostrando scarsa conoscenza del parco macchine dell'Azienda Sanitaria Locale.

Dall'auto uscirono due giovanotti sui trentacinque-quaranta, ben vestiti, in completi antracite con camicia bianca e cravatta. Entrambi indossavano gli occhiali scuri, come si chiamavano una volta, cioè occhiali da sole, anche se la giornata era piuttosto grigia, senza contare che era già buio. Potevano essere due agenti come anche due delinquenti. Posteggiarono la macchina nella piazzola di De Angelis, assolutamente indifferenti a quello che c'era scritto a caratteri cubitali su un cartello plastificato apposto lì dal De Angelis stesso, dove si specificava che in quella piazzola era assolutamente vietato posteggiare qualsiasi mezzo meccanico, se non agli autorizzati. D'altronde il De Angelis non si era preso la briga di andare a riprendere la Opel e rialloggiarla nella sua piazzola.

I due dettero uno sguardo intorno e poi si diressero senza esitazione verso l'appartamento del Consonni. Salirono la rampa di scale e suonarono il campanello.

E questi qui perché vanno dal Consonni? – pensò la Mattei-Ferri. Oh, santa Madonna..., non è che ora quello lì vuota il sacco, e racconta tutto quello che sa di me?

Consonni aprì finalmente la porta, e la signorina Mattei-Ferri riuscì a intravedere il suo viso stanco e rassegnato.

Consonni in quel momento era di per sé sconvolto da un vorticoso bailamme mentale, non sapeva a che santo rivolgersi, pensando alla questione del quaderno con i suoi appunti. Quando vide quei due signori eleganti che cercavano di lui, estremamente formali ma anche decisi, capì che le cose erano andate come lui temeva, ovvero sia che chi aveva ritrovato il suo quaderno si era immediatamente messo in contatto con il Commissariato di Polizia, e aveva fatto presente che un tale signor Consonni, che si era presentato in casa loro accampando degli inconsistenti motivi di ricerca, in realtà nella sua casa celava alcuni scheletri, ovvero spoglie di persone scomparse e misteriosamente ritrovate da un certo signor Barzaghi, che loro non sapevano chi fosse, ma che di sicuro nella faccenda aveva un ruolo di primaria importanza.

A Consonni sarebbe venuto naturale mettersi di fronte all'angoliera, sostenendo che là dentro non c'era (più) niente, perché era tutta colpa del Barzaghi, e lui non c'entrava affatto, e tutta una serie di cose che però ai due signori, lì per lì, non sarebbero interessate.

«Io sono il dottor Moschitta, e le presento il dottor Mantovani» disse quello dei due che sembrava il più anziano, si fa per dire, nessuno dei due arrivava a quarant'anni. «Lei è il signor Amedeo Consonni?».

Consonni accennò di sì, e temette per il fatto che non gli avessero chiesto se era il signor Consonni Amedeo. Questa era gente educata, di alto livello, non era il maresciallo del Commissariato di zona, questi due venivano da Roma, infatti avevano un accento romano, almeno quello che parlava, il dottor Moschitta.

Infatti il dottor Moschitta gli fece scivolare sotto gli occhi una tessera del Ministero degli Interni, con una scrittura che, pur nella fretta, Consonni riconobbe come riportante la sigla DIA.

«Sì, sono io, di che si tratta?».

«Questa conversazione è del tutto informale» gli disse Moschitta, tant'è che Mantovani mentre Moschitta parlava ispezionava il salotto, guardava sotto i tavoli, alla evidente ricerca di cimici o di altro. «Abbiamo letto di lei, su tutti i giornali. Lei è diventato una persona famosa, per via della storia della Sfinge di Lentate sul Seveso».

«Ah, è ancora per quella storia lì...» disse Consonni, quasi rassicurato «ma guardate che è stato un puro caso, e poi io di quelle cose ho giurato di non occuparmene più, è stata solo una combinazione, credetemi...».

«Beh, veda, signor Consonni, noi non siamo venuti a trovarla, del tutto informalmente, le ripeto, per la questione della Sfinge di Lentate...».

Il signor Moschitta fece una pausa, senza darlo a vedere guardò il suo collega, che a quanto pareva aveva terminato la sua ispezione e che con un cenno impercettibile gli aveva fatto capire che no, non c'era niente di quello che si immaginava di trovare.

«Siamo qui per farle un'altra domanda».

Consonni cercava di dominarsi, e di fare in modo che il suo sguardo inconsapevole non andasse in una direzione che avrebbe potuto tradirlo. Sapeva che un bravo decifratore degli atteggiamenti involontari, anche semplicemente il modo in cui uno si dispone, l'orientamento che prende il suo corpo, avrebbe potuto capire qual era la direzione verso cui il Consonni, anima e corpo, li voleva, più inconsciamente che consciamente, orientare. Ma qual era questa direzione? In verità non esisteva.

Ma quei due, pur capaci di intuire che il signor Consonni in quel momento era in difficoltà, non parevano essere troppo interessati a tutte queste paturnie.

«La domanda è la seguente, signor Consonni: perché lei sta facendo delle ricerche sulla scomparsa di Viganò Guglielmo, avvenuta nel lontano marzo del 1992? Veda, abbiamo saputo, non le sto a riepilogare come, che lei sta lavorando su questo vecchio caso, e ci incuriosisce sapere perché lei lo sta facendo».

Consonni fu colto di sorpresa, come facevano quei signori a sapere che lui, in un primo momento, si era focalizzato sul caso Viganò?

«Ah» rispose confuso «sapete, io mi interesso un po' di tutto, ma non dovete farci molto caso, per me è soltanto un hobby, un passatempo, vedete lì, ne ho tanti di fascicoli».

«Ma non aveva detto che non se ne sarebbe mai più occupato?».

Mantovani dette un'occhiata allo sterminato numero di classificatori elegantemente rivestiti di stoffe pregiate, dove si trattava di morti violente e di crimini di grande notorietà.

«Sì, ma com'è che lei, proprio adesso, si è messo in testa di tirare fuori un fatto, pur tragico che sia, oramai morto e sepolto, quello della scomparsa dell'ingegner Viganò?».

Consonni avrebbe voluto confessare che l'ingegner Viganò non c'entrava niente con gli scheletri. È vero, in un primo momento ci aveva pensato anche lui a quella strana sparizione di cui, fra l'altro, negli anni successivi non si era poi più parlato, chissà perché. Ma mica poteva confessare che quegli scheletri, ritrovati dal Barzaghi, in realtà appartenessero a tre boy-scout dati per scomparsi in una tragedia di montagna...

Ma loro, gli agenti, evidentemente, sapevano già tutto, gli stavano semplicemente tendendo una trappola. Loro avevano avuto in mano il suo quaderno e l'avevano passato in rassegna da cima a fondo. E quindi, naturalmente, avevano letto le sue riflessioni sulla sparizione dell'ingegner Viganò, altrimenti come avrebbero saputo che lui ci aveva pensato? Ma poi avevano letto anche il resto, sicuramente. Allora cosa stavano facendo, giocavano come fa il gatto col topo? E che avranno pensato della resurrezione di Bubu?

«Voi potete pensare che io sia un matto, ma per tanti anni della mia vita ho collezionato notizie di fatti di cronaca nera. Lo so, è una pazzia, non è una cosa normale. Però, sapete com'è, uno si affeziona a quello che fa, anche se sono cose strane. Allora, come potete vedere, io archivio tutte le notizie. E poi la scomparsa dell'ingegner Viganò fu una cosa che nella nostra regione, almeno per un certo tempo, è rimasta al centro dell'interesse di tutti, no?».

«Ecco, appunto, e perché questo interesse si è ravvivato in lei proprio adesso?».

Ma perché quei due giocavano con lui? Non facevano prima a chiedergli dove erano gli scheletri?

Sapevano evidentemente tutto. Sapevano che lui aveva gli scheletri, forse non sapevano esattamente dove, ma sapevano che ce li aveva, almeno fino a poche ore prima. Allora, valeva la pena continuare a prolungare quella recita? No, Consonni capì che era venuto il momento di scoprire le carte, tanto ormai...

Moschitta notò sulla tavola da pranzo la bottiglia di Talisker invecchiato e fece i complimenti a Consonni.

«Accidenti, signor Consonni, vedo che lei si tratta bene, un Talisker, non è una bottiglia da bar dell'angolo».

Consonni interpretò troppo trasversalmente quella osservazione: pensò che gli si stesse dicendo «E bravo il signor Consonni, che con le sue piccole ricerche sta cercando di ricavare qualche euro ricattando qualcun altro, come fa a permettersi un whisky di tale valore?».

Pensando a questo a Consonni venne spontaneo offrire un po' di quel pregiatissimo whisky a quei due signori, che peraltro della questione degli scheletri nulla sapevano. Loro si erano mossi solamente perché la moglie dell'ingegner Viganò aveva chiamato una persona di sua conoscenza.

«Volete favorire?» chiese Consonni, pensando che in fondo quella pregiata bottiglia di whisky era di sua proprietà. L'aveva pagata lui o no? E ben 45 euro. Poi il Claudio gliela aveva restituita, lui avrebbe preferito i 45 euro, ma a questo punto...

I due sembravano molto interessati al whisky, assai più che a qualsiasi altra faccenda.

Fu così che nel momento in cui Consonni era ormai persuaso che dovesse confessare agli agenti, con quelli non si potevano raccontare lucciole per lanterne, e che gli agenti in servizio sicuramente non sono autorizzati ad accettare un sorso, i due accettarono. Sembravano ghiotti. Consonni tolse il tappo della bottiglia, con l'atteggiamento del fair play del perdente, e ne versò due belle razioni in due bicchieri.

«Credo che questo tipo di whisky si serva senza ghiaccio» azzardò Consonni, ed entrambi scossero la testa raggelati, come se avesse parlato di un peccato mortale.

I due bevvero di gusto e subito si sprecarono in commenti estasiati. «Senti il retrogusto torbato, ma non eccessivo, tenue, lo senti?».

«Non capita tutti i giorni di bere un whisky come questo, passerei tutto il tempo ad odorarlo, non trovi?».

«Va bene» disse Consonni. «Tanto con voi non si può menare il can per l'aia, la verità è che...».

I due agenti non lo ascoltavano, erano impegnati nei commenti sulla qualità del whisky speciale, non riuscivano a capire quale fosse lo scopo di quello strano signore che si trovavano davanti. Era un mezzo scemo? Perché rompeva le scatole alla moglie dell'ingegner Viganò?

Gli agenti fecero per andarsene, convinti che quel Consonni fosse solo una mezza calzetta e che in realtà non sapesse niente di niente, e che nemmeno potesse trattarsi di uno di questi giornalisti saputelli che sanno tutto e che vanno a indagare indietro nel tempo su cose delle quali è meglio non occuparsi. Per dire la verità sembravano un po' alticci. Accidenti, era bastato un bicchiere di quel whisky speciale?

Consonni si rassegnò, quei due ne sapevano molto di più di quello che avevano detto. Lo avrebbero rosolato a fuoco lento in seguito, accusandolo di aver occultato tre scheletri, ma a che scopo?

Squillò per l'ennesima volta il cellulare di Consonni. Moschitta e Mantovani si guardavano l'un l'altro.

«Ma perché non risponde?».

«No, sapete, è mia figlia, mi rompe sempre l'anima».

Quando la Mattei-Ferri vide che i due agenti sull'auto blu se ne andavano si domandò cosa ci fosse sotto, e intravide una lunghissima strada difensiva da percorrere. Che aveva raccontato il Consonni, una volta messo alle strette sulle condizioni di salute della signorina? Aveva parlato, quell'erotomane corrotto e spia?

Anche De Angelis aveva osservato la scena, dato che quei signori avevano occupato la sua piazzola, con una bella Lancia ultimo modello. Ma a che valeva protestare? Per chi? Per la Opel?

Nel frattempo Consonni era in ambasce. Che sarebbe successo? E come avrebbe potuto provare che lui con quel crimine non c'entrava niente? Inoltre, quello di bruciare delle spoglie mortali è un reato bello e buono.

Era meglio confessare di averli incinerati, oppure era meglio insistere sul fatto che era tutta colpa del Barzaghi? A proposito, il Barzaghi occorreva informarlo, al più presto, ma come? Con il telefonino?

Consonni chiamò Barzaghi.

«Pronto Carlo, sont mì».

«Mì chi, chi l'è che te se?».
«Ma mì, no?».
«Ah, ti te set l'Am...».
«Sont mì e piantala lì. Nun sèmm a l'ümid».
«Se ghè?».
«A ghèm l'acqua fin'ai pèe».

Chissà perché Consonni pensava che se parlava in dialetto non fosse intercettabile, rintracciabile, identificabile, comprensibile.

«Tel disi mi, pioeuv. L'è ümid perché pioeuv».
«Ma ndue, giù a Milan?».
«No, deficient, pioeuv anca a Rovagnate...».
«Ma se qui... ah... ah... ù capì».
«Mamaluc, che t'è capì...».
«E alura se ghem de fa'?».
«Fà ballà l'oech e stà schisc, t'e capì?».

Caterina tentò per l'ultima volta di parlare col padre. O non rispondeva o la linea era occupata. Allora non rispondeva apposta? Lo sapeva benissimo di che cosa voleva parlargli. Di quella falange, falangina e falangetta che aveva trovato nella tasca della giacca di Enrico. Lì per lì era rimasta terrorizzata. Si trattava di ossa umane? Ora, non era una cosa in sé terribile che Enrico avesse sgraffignato nella casa del nonno delle ossa umane? Ma, come fanno tutte le mamme quando trovano qualcosa nelle tasche dei propri figli, sottopose il reperto a un esame attento. Le ossa erano ingrigite, porose e leggerissime. Tuttavia a una prova meccanica c'era qualcosa che non tornava. Infatti Caterina aveva tentato di spezzare uno di quegli ossicini, ma quello non si spezzava, si piegava. Così fanno le vere ossa? Prese un accendino e sottopose l'osso – anche lei – alla prova del fuoco. E quello sfrigolava, e puzzava di plastica, perché era di plastica. Non voleva neanche sapere da dove provenivano, ma conoscendo gli interessi dell'Amedeo... Il fatto era che Enrico era traumatizzato, cioè per la verità traumatizzato non lo sembrava per niente, lui raccontava di essersi divertito un sacco, a ballare con gli scheletri, solo che prendendo per la mano, insomma, per le ossa, uno di quegli scheletri danzanti, gli era rimasto in mano un dito. A Enrico tutto ciò sembrava normale, ma a Caterina no. Il trauma sarebbe emerso in seguito? Che cosa era successo? Che stava combinando il nonno con quel bambino? Il piccolo se ne era venuto fuori con la storia che il nonno aveva tre scheletri nell'armadio. Ora, a questo punto, c'era da augurarsi che gli scheletri ci fossero veramente, perché se non c'erano, come andava considerato il delirio di Enrico? A quale scioccante esperienza lo aveva sottoposto il nonno, tanto che il piccino delirasse così?

Ma Caterina rinunciò. Si limitò a inviare un messaggino che recitava così: «Domani ore 12,30 vai a prendere Enrico a scuola».

Così Consonni, sicuro di passare i prossimi giorni in Questura, in Commissariato, in carcere o simili, per detenzione, occultamento e cremazione di resti umani, dedicò la serata al completamento dell'operazione Bubu.

Il lavoro del giorno precedente aveva prodotto i risultati sperati, l'orsacchiotto era invecchiato di tre anni. Consonni fece attenzione a lasciare le cuciture delle cicatrici il più in vista possibile. Occorreva che si capisse che era passato da un'operazione chirurgica vera e propria, per cui adottò la tecnica dei punti «a vista», normalmente vituperata nel suo mestiere.

Occorreva fare presto.

Ma Angela? Che faceva? Perché quella sera non si era fatta viva?

Lunedì 22 dicembre

Dopo quella tormentata domenica, per De Angelis il lunedì si preannunciava una giornata di fuoco. Si recò in banca alle sette, un'ora prima dell'apertura, pronto a dare battaglia. Sapeva che non sarebbe stato facile ottenere una simile cifra in contanti, gli avrebbero detto che non conveniva disinvestire i Buoni del Tesoro, che gli sarebbe costato un sacco, che ci volevano dei giorni, era in preda a mille ansie.

Ma che alternative aveva? Doveva pagare quella macchina, in fondo se l'avevano rubata era stata colpa sua, era come se l'avesse rubata lui. E De Angelis, anche se molto tirchio, era un uomo onesto. Quella macchina non doveva usarla e basta... E inoltre c'era l'ipotesi della nuda proprietà.

Alle otto in punto, dopo aver risolutamente conservato la prima posizione all'ingresso, si affrettò al primo sportello libero. Eh, no, bisognava prendere il numeretto, e mentre lui si era già fiondato allo sportello altri, più furbi di lui, si erano procurati lo scontrino. Ma lui non mollò, si mise a gridare che c'era lui davanti a tutti, che era dalle sette che era lì, che aveva premura... Insomma, riuscì a farsi consegnare il primo numero e finalmente l'impiegato lo chiamò.

Spiegò in modo molto concitato la sua situazione, aveva bisogno di liquidare immediatamente 25.000 euro dei BOT, subito e senza storie.

«Si calmi, signor De Angelis, si calmi... ma ne è sicuro? Lo sa che non le conviene, quando scadono poi? Mi faccia vedere».

Che non lo avessero ipnotizzato? Che non fosse sotto la minaccia di qualcuno? Questi anziani che improvvisamente hanno bisogno di grosse cifre sono sempre un problema. Il mondo è pieno di truffatori e parenti pronti a rovinare una persona anziana dall'oggi al domani.

Di fronte alla risolutezza del De Angelis l'impiegato non seppe replicare altro che «Aspetti che chiamo il direttore».

Il direttore arrivò dopo qualche minuto, le persone in coda davano già segni di irrequietezza, e in silenzio si mise a osservare la situazione contanti e titoli del De Angelis.

«Mi faccia vedere...».

«Io devo disporre dei miei soldi come mi pare, ha capito?» cominciò a inveire il Luis, il direttore lo invitò a calmarsi, con faccia perplessa.

«Mi scusi sa signor De Angelis, ma qual è la cifra che le serve?».

«25.000 euro, gliel'ho detto cento volte al suo dipendente».

«A parte che non è mio dipendente, ma io vedo qui che nel suo conto corrente ci sono 31.512 euro, dato che quindici giorni fa le sono stati accreditati 30.000 euro di BOT giunti a scadenza. Ma lei non lo sapeva?».

La questione dunque si risolse velocemente. L'impiegato ci mise un po' a trovare il contante, lo racimolò fra le diverse casse, così De Angelis, alle otto e trentadue, era già a casa con i suoi 25.000 euro freschi di zecca, in trepida attesa.

Alle otto e mezza Claudio Giorgi era pronto, indossati camicia bianca, pulloverino verde appena comprato e giacca di velluto, sbarbato, profumato, era uscito di casa, dopo aver consumato, per colazione, due fette di pane abbrustolito con burro e miele, caffè e una spremuta di arance, un po' aspra ma tonificante.

Si era incamminato così, con indosso un soprabito un po' liso ma sempre valido, verso il suo posto di lavoro. Incerto, indeciso, lucido.

Che sarebbe successo? L'avrebbero rimesso in magazzino, dove almeno non faceva danni, o gli avrebbero ridato il suo posto di consulente informatico?

Si sarebbe visto.

Prima di andare al lavoro passò anche lui in banca, ove svuotò il suo conto. C'erano 2.500 euro circa e li prese tutti in contanti. Evidentemente Donatella non aveva pensato di fare altrettanto. Mentre aspettava il suo turno ripensava alla «notte d'amore» con Erika, che fra l'altro lo aveva messo in una posizione ancora più difficile con la famiglia, proprio per questo si era deciso a svolgere quell'operazione bancaria.

Il consesso amoroso aveva avuto una dinamica peculiare, perché l'eccitazione di Claudio era stata assai lenta nel manifestarsi ma rapidissima nel concludersi. Erika manco se ne era accorta, e si era chiesta perché il signor Claudio fosse sceso da lei e avesse smesso subito. Poi si era resa conto dell'accaduto, ma non aveva fatto drammi, era solo rimasta un po' sconcertata. Fatto sta che la domenica sera, quando Claudio le si presentò alla porta con un mazzo di fiori, lei agguantò il mazzo, ma disse che aveva mal di testa. Inoltre la mattina dopo si doveva alzare presto, perché doveva andare da una sua cugina che abitava a Sesto San Giovanni, la quale le avrebbe dato ospitalità in cambio di qualche lavoretto domestico (circa sei ore al giorno). Purtroppo lei non aveva i soldi per pagare l'affitto del miniappartamento di ringhiera.

Claudio ci rimase un po' male, ma chiese: «Perché, quanto paghi di affitto?».

«Mah, credo 500 euro, ha sempre fatto tutto Antonio».

«E chi è il proprietario?».

«Non lo so, però se chiedi alla signora Angela te lo sa dire, credo sia una società, ma lei li conosce».

Claudio se ne restava lì sulla porta, a riflettere.

«Beh, prima di dirgli che te ne vai fammelo sapere, magari per qualche tempo nell'appartamentino ci vado io, non *le* ci vorrà molto tempo a buttarmi fuori, e se rimango nella casa di ringhiera almeno i ragazzi li potrò vedere, anche se da lontano».

«Va bene» disse Erika. «Buonanotte».

«Chissà, magari un giorno...».

Mentre Claudio pronunciava quelle parole Erika aveva già sbattuto la porta.

Angela si era alzata tardi. Aveva lavorato fino a notte fonda e aveva terminato il primo capitolo del suo memoriale, il cui unico lettore sarebbe stato Consonni... Mentre faceva colazione rilesse il suo lavoro. Che fare, consegnarlo a puntate a Consonni, come un feuilleton, oppure terminarlo, come un romanzo del Novecento?

Alle nove e ventidue accadde un fatto del tutto inaspettato, almeno dal De Angelis. Una macchina di grossa cilindrata attraversò l'androne ed entrò nella corte della ringhiera. De Angelis si affacciò. Che fosse Daniel? Stentava a crederci, era una BMW Z3 3.2, quella BMW Z3.

De Angelis fu preso da una crisi euforica, e si lanciò giù per le scale, rischiando, alla sua età, di ammazzarsi. E senza cappotto.

Come era possibile? Era stata ritrovata dalla Polizia e riportata al Daniel, o al vecchio proprietario? Oppure quel cretino di suo nipote gli aveva fatto uno scherzo? Ma come aveva fatto?

Si aprì la porta della BMW e ne uscì fuori un settantenne ben tenuto, abbronzato, capelli bianchi, con giacca di tweed e foulard al collo. Vedendo il De Angelis accorrere verso di lui gli domandò: «Scusi, lei è il signor Consonni Amedeo?».

«No, beh, no... ma... cosa c'entra, e la BMW? Com'è che ce l'ha lei? Perché? Consonni abita qui, ma, dove ha trovato la BMW, e chi è lei?».

«Ah... la vedo un po' sconvolto, è successo qualcosa?».

«Ma lei...?».

«Veda, giusto un paio di giorni fa mi hanno riportato la macchina, che avevo dato in conto vendita, ma solo ieri sera ho ritrovato sotto il sedile destro questo piccolo quaderno – lo mostrò – e sopra c'è scritto il nome di un certo Amedeo Consonni, non c'era il numero di telefono, ma l'indirizzo sì, e così l'ho riportato...».

«Sì, ma la BMW, com'è che ce l'ha lei?».

«Beh, si capisce, è la mia macchina, perché non dovrei averla io?».

«Ma non l'aveva messa in conto vendita?».

«Ah, sì, quella faccenda, l'avevo affidata a un cretino che mi ha detto che l'avrebbe tenuta per qualche giorno, assicurandomi che la doveva far vedere a certi suoi clienti. Un vero cretino... me l'ha riportata sabato sera... dicendo che poi quei clienti non erano più interessati... mah... e poi ho controllato... la macchina è tutta sporca... e ne ha fatti di chilometri... che disgraziato... e dire che mi era stato raccomandato da una signora così per bene».

«Ma come» chiese De Angelis, che non stette ad approfondire su chi potesse essere quella signora per bene «la macchina gliel'ha riportata questo signore proprio sabato?».

«Sì, ma scusi, a lei cosa interessa, mi indicherebbe cortesemente qual è l'appartamento del signor Consonni?».

De Angelis si appoggiò al muro, la mente turbata ma anche rischiarata dalla scoperta della verità. Era furioso con quel criminale di Daniel, era intontito per la rapidità del disvelamento.

«Senta», chiese De Angelis obnubilato e carico al tempo stesso «ma la macchina è sempre in vendita?».

«Beh, sì» rispose stupito l'elegante signore «perché?».

«Perché se non ha niente in contrario la compro io».

La signorina Mattei-Ferri stava leggendo il giornale.

Non c'erano novità di rilievo. La sua attenzione si concentrò per qualche secondo sulla notizia di un incidente stradale. Una grossa macchina scura era finita contro un albero, in via ***. Sembra che si trattasse di due signori ubriachi, o forse drogati, che procedevano a velocità sostenuta a zig zag e che avevano perso il controllo dell'auto. Non c'erano notizie sulle condizioni dei due. Erano stati portati in ambulanza al Niguarda.

Chissà se a quei due sarebbe stato fatto l'esame tossicologico. Le conseguenze potevano assumere toni significativi, anche da un punto di vista giudiziario.

Annoiata, riprese in mano la rivista di gossip, rileggendo per la decima volta il servizio sulla svergognata figlia dei Kakoiannis-Sforza, questa volta in compagnia di un calciatore, del quale, con accenni espliciti, si faceva capire che nell'ambiente fosse abbastanza noto per avere un membro di dimensioni assai ragguardevoli.

Mentre la signorina rifletteva su questi temi, una persona bussò alla sua porta.

Oddio, un'altra spia? La signorina lasciò passare un po' di tempo prima di rispondere, poi, con voce flebile: «Chiii è?».

«Olga, sei lì? Sono io, la Magda, perché non mi apri? Fa un freddo...».

Magda era un'amica, per meglio dire una conoscente della signorina, insieme avevano trascorso la settimana a Salsomaggiore. Fu veramente stupita di trovare l'Olga abbandonata sulla sedia a rotelle.

«Ma cosa fai su quell'arnese? Cosa c'è, ti senti male?».

«Certo che mi sento male, e come vuoi che mi senta?». Ormai la Mattei-Ferri non si fidava più di nessuno.

«Ma dai, mucchela lì, vieni, che ho le foto di Salsomaggiore...».

La signora Magda era una di quelle signore che si mostrano sempre pimpanti e piene di vitalità, si era tolta il cappotto e fumava vapore energetico. Aveva le guance tutte rosse.

«Son venute benissimo sai? Con quella macchinetta anche alla sera vengono foto meravigliose».

Estrasse dalla borsetta una busta di cartoncino, dentro c'erano una decina di foto.

«Guarda questa! Guarda questa!».

Le foto riproducevano alcuni momenti di una sfrenata seduta di hully gully nella hall dell'albergo di Salsomaggiore.

La Magda espose le foto all'Olga: «Avevi bevuto un po' eh? Guarda questa, con quel signore di Gualdo Tadino...».

La signorina, con espressione glaciale, disse perentoriamente: «Dammi il rotolino ed elimina qualsiasi copia di queste foto».

«Ma Olga... ma che ti prende... E poi, macché rotolino, le ho fatte con la camera digitale, ma cosa c'è, ti vergogni?».

«No, non è che mi vergogno, è che queste foto devono sparire dalla faccia della terra».

«Ma va là, mi prendi in giro? E poi a questo punto come posso fare, visto che le ho messe su Facebook?».

«Su Facebook? E che cos'è Facebook?».

«Ah, è una cosa bellissima, puoi mettere in circolazione tutto quello che vuoi, i tuoi pensieri, le tue foto, i tuoi filmati, e tutti li possono vedere».

«Tutti chi?».

«Tutti i miei amici».

«I tuoi amici? E quanti ne hai?».

«Quattrocentonovantacinque. Ma non temere, le può vedere chiunque, ti ho taggato, e non ho messo nessun filtro».

La signorina ebbe un mancamento. «Vuoi dire che le può vedere chiunque?».

«Ma certo, basta andare su Google, inserire il tuo nome, e viene fuori la foto. Non ti sembra una cosa incredibile?».

La Mattei-Ferri guardava attonita le foto delle danze sfrenate, dove lei era quella più in vista, in posizioni quasi acrobatiche. Poi lo sguardo le si spense. Contemporaneamente cominciò a sentire un dolore fortissimo alla schiena, provò ad alzarsi ma non ci riuscì, prostrata.

In quel mentre De Angelis era in trattative col proprietario della BMW per l'acquisto. All'inizio questo credeva che si trattasse di uno scherzo, poi cominciò a dire che lui a quella macchina ci era tanto affezionato.

In realtà l'avrebbe venduta subito, non poteva credere di aver trovato un acquirente, ma quel signore così anziano... (tutto sommato non aveva che sette anni più di lui).

De Angelis fu persuasivo, soprattutto quando disse che pagava in contanti, e per essere ancora più persuasivo i contanti li mostrò al proprietario, il quale cominciò a non capirci più niente, come fanno tutti coloro che hanno bisogno di soldi e se li vedono sbandierare davanti, cash.

Poi si passò alla questione del prezzo. Nonostante De Angelis fosse ancora parecchio scombussolato, non aveva perso la testa, per vari motivi, e non fece menzione di alcuna cifra. Si limitò a domandare.

Il proprietario fu colto di sorpresa, d'altronde non poteva sapere che l'acquirente avesse già in mente la cifra, se non forse la quotazione di «Quattroruote».

«Beh, io chiedevo ventisettemila...» sparò 2.000 euro in più di quello che aveva richiesto a Daniel «ma sono trattabili... soprattutto se lei paga in contanti».

De Angelis fece una faccia storta, il proprietario temette che a quel punto saltasse tutto, chissà se quel vecchio rincoglionito era rimasto alle lire, cinquanta milioni...

«Io gliela pago 25.000 euro in contanti e sull'unghia» disse Luis, «ma lei mi deve fare una cortesia. La macchina la lascia qui, adesso, diciamo che me la consegna subito, il taxi per tornare a casa glielo pago io...».

Il signore pareva un po' perplesso.

«Naturalmente le do immediatamente un anticipo, le vanno bene 5.000 euro? E oggi pomeriggio o al più tardi domattina andiamo all'ACI a fare il passaggio di proprietà».

All'idea di entrare in possesso di 5.000 euro in contanti il signore si convinse.

De Angelis gli firmò un foglio che valeva come impegnativa all'acquisto della macchina, il proprietario firmò una ricevuta per i 5.000.

«Allora, domattina ci troviamo all'ACI per fare le carte, così le liquido il saldo, va bene?».

«Va bene, a che ora?».

«Alle nove».

Tutto infervorato De Angelis bussò alla porta di Consonni, che in attesa di finire i suoi giorni in carcere stava terminando le sue lavorazioni sull'orsacchiotto di Enrico, tentando di dare alle cicatrici un aspetto credibile.

Consonni era depresso e oramai fatalista. Beh, se mi mettono in galera almeno Caterina potrà venire ad abitare qui senza problemi... – pensava – chissà se in galera potrò continuare a fare le mie indagini... Magari posso usare un computer, forse c'è un corso base per imparare ad usarlo... e la foto dei gemelli con quello strano tipo? Potrò in cella occuparmene?

«Amedeo, ci sei o no?».

Consonni aprì, simulando tranquillità.

«Allora Luis, come va? Mi sembra meglio, no? Come è andata a finire con i 25.000, li hai pagati?».

«Certo che li ho pagati, li ho pagati e come...».

«Eh, beh, del resto, che altro potevi fare?».

«Beh, però non sono venuto per questo, sono venuto per riportarti il tuo quadernetto, che è stato ritrovato».

«Eh? Come? Ritrovato?».

Consonni abbandonò le ultime rifiniture del lavoro su Bubu Frankenstein e si alzò in piedi.

«Ma sì, era finito sotto il sedile della BMW, quando siamo andati a Usmate, si vede che ti è scivolato dalla tasca...».

«Ma vuoi dire che la BMW...».

Quasi alle 13 in punto arrivò Daniel con uno dei suoi amichetti, pronto a incassare. Non vale la pena descrivere quale fu la sua sorpresa nel vedere nella corte la BMW. Il suo amico alla vista della vettura era già scomparso.

Daniel non riusciva a spiegarsi come fosse possibile, ma tentò di fare il brillante e disse a De Angelis che lo guardava dall'alto della ringhiera: «Ah, allora l'hai ritrovata, che cos'era, uno scherzo?».

Ma noi, e forse anche De Angelis, abbiamo capito

che era tutto un trucchetto, il nipote aveva inseguito De Angelis fino a Usmate-Velate – con una certa difficoltà, vista la velocità alla quale si spingeva quel vecchio pazzo – e con la seconda chiave si era portato via la BMW e l'aveva restituita al proprietario. Nel frattempo aveva chiesto allo zio il riscatto. Quando mai il De Angelis lo sarebbe venuto a sapere?

Era il solo modo per estorcere una bella cifra allo zio, che altrimenti non l'avrebbe mai mollata.

De Angelis fu di poche parole, in un tono che visto dall'esterno, cioè dal punto di vista degli altri inquilini della casa di ringhiera che ascoltavano, poteva parere poco consono a delle normali relazioni fra zio e nipote:

«Vattene via pezzo di merda, stronzo infingardo, maledetto figlio di una grandissima puttana, canaglia, manigoldo, delinquente e pezzo di merda. Credevi di farmela eh? Resta qui ancora dieci secondi e chiamo la Polizia e i Carabinieri e ti faccio arrestare, miserabile infame...».

«Ma zio, ma non hai capito? Ma era solo uno scherzo... ci sei proprio cascato?».

De Angelis estrasse il telefono cordless dalla tasca e cominciò a digitare:

«Uno» disse.

Il nipote non sapeva che fare, ma intanto guardò se la via d'uscita era libera.

«Due».

Daniel fece un tentativo di sorriso ironico, ma gli riuscì male. «Beh, allora tutto risolto, mi posso riprendere la BMW...».

«No, la BMW adesso è mia... Tre».

«Eh, zio, neanche uno scherzo sai accettare» ma intanto di passo svelto cominciò a guadagnare l'uscita.

«E non ti fare vedere né sentire mai più...» gli gridò dietro. «E dillo anche a quella disgraziata di tua nonna...» che poi era sua sorella.

Gli inquilini rientrarono nelle loro case. Ma che rapporti c'erano in quella famiglia? Mamma mia.

«Vieni Enrico, ho una sorpresa per te».

Enrico seguì il nonno di malavoglia, che lo condusse in camera da letto.

«Fai molto piano, perché dorme, è ancora un po' malato».

Enrico si incuriosì, ma non tanto, per non dare troppa soddisfazione.

In camera, nel lettone, infilato sotto le coperte, c'era Bubu. Ma accidenti come era ridotto, era tutto rotto, pieno di ferite e di cerotti, irriconoscibile.

Enrico non disse niente e si avvicinò a Bubu, aveva paura di toccarlo. L'odore non era il suo, puzzava di medicine e di roba sintetica, gli stessi odori che aveva sentito in ospedale quella volta che gli avevano fatto la lavanda gastrica perché aveva bevuto l'inchiostro.

Guardava Bubu e la sua benda sull'occhio.

«Che gli è successo?».

«Eh, è una storia lunga», disse Consonni, ancora nell'incertezza, non sapeva se il nipotino ci avrebbe creduto. «Bubu ha avuto un incidente mortale, sai perché?».

«Bubu, Bubu...» diceva Enrico, carezzandolo con un dito solo.

«Il fatto è che un giorno un'aquila è entrata dalla finestra di camera tua, ha visto Bubu e se l'è portato via. Vedi, le aquile non sono cattive, ma devono procurare il cibo ai loro piccoli, e così ha catturato Bubu. Poi però, mentre volava, Bubu è caduto di sotto e si è ferito, si è fatto un sacco di tagli. Poi una signora gentile lo ha raccolto per terra, e l'ha portato all'ospedale dei peluche, e lì lo hanno curato, vedi? Gli hanno messo i punti, gli hanno dato le medicine, lo hanno rimesso in sesto».

Enrico non aveva l'aria di bersela tutta, ma anche se ci fosse stata una probabilità del dieci per cento che quello lì fosse veramente Bubu, sarebbe stato pronto a crederci. Avrebbe voluto afferrare Bubu e stringerselo al petto, ma rispettava quell'atmosfera quieta e silenziosa della camera del nonno e rimirava Bubu sognando. Un'aquila?

Chissà se Consonni pensava che quella storia potesse essere in qualche modo educativa. Ma era pazzo? Non poteva inventarsene un'altra di storiella? Un'aquila che entra in camera di un bambino. D'ora in poi Enrico in camera sua non ci avrebbe voluto più mettere piede, con l'idea che da un momento all'altro quell'aquila potesse tornare e acchiappare Bubu e lui. Ma questi nonni sono matti?

Fortunatamente Enrico non ci aveva minimamente creduto. Lui sapeva come erano andate le cose, e cioè che erano stati gli scheletri a riportare Bubu dall'aldilà. E chi altri avrebbe potuto farlo?

Comunque sia Enrico andò in deliquio, e per le successive tre ore volle stare a vegliare Bubu, sdraiato accanto a lui, sul lettone del nonno.

Quando Caterina tornò a riprendere Enrico, con l'ascia di guerra dissotterrata, pronta ad attaccare il padre per il fatto delle ossa di plastica, dovette tornare sulle sue decisioni. Enrico era in pace con se stesso, contento di aver ritrovato Bubu, male in arnese ma vivo, e in ripresa.

Caterina si intenerì, e decise di non sollevare il problema del mignolo scheletrico. Finì per soprassedere, senza immaginarsi le conseguenze. Il Consonni in questo modo non avrebbe mai saputo che quegli scheletri erano di plastica e che non per caso i due maschi erano identici. E non lo sarebbe mai venuto a sapere neanche Barzaghi.

A proposito, e il Barzaghi? Consonni lo aveva richiamato per rassicurarlo. Credeva di aver lasciato il suo quadernetto dai signori... no, meglio non dirglielo. Insomma, che stesse tranquillo, non pioveva più.

Invece il Barzaghi tranquillo non lo era affatto. Sapete perché? Perché aveva trovato nella Skoda un foglio di quaderno disegnato. Vi erano raffigurati tre teschi, appoggiati ciascuno su due tibie incrociate, su fondo nero. Era il disegno che aveva fatto l'Amedeo per il nipotino, che probabilmente gli si era appiccicato al cappotto o da qualche altra parte, mentre facevano il trasporto degli scheletri. Sta di fatto che Barzaghi l'aveva trovato sul sedile della macchina e non ci era rimasto bene. Perché per lui era evidente che quei tre teschietti con ossa su fondo nero non erano tre bandiere dei pirati, ma erano il noto simbolo delle Brigate nere della Repubblica di Salò. Insomma, ci mancava solo la scritta «Me ne frego!». Ma quel disegno da dove arrivava? Chi ce lo aveva lasciato? Era un avvertimento cifrato del Consonni? Oppure di qualcun altro? Era una minaccia? Altri sapevano? Allora non si era sbagliato... Tre teschi... E se qualcuno voleva vendicarsi di un fatto antico e aveva scelto un discendente diretto come vittima?

De Angelis si sentiva come se avesse trent'anni di meno. Ma sì, a che cosa servono i soldi? Ora possedeva una BMW Z3 3.2. La guardava dalla finestra come un innamorato.

Come era bella...

Già, ma la grandine?

Qualche tempo prima, per la Opel Vectra si era informato presso una ditta specializzata su una speciale protezione antigrandine, ne aveva viste le foto su un catalogo: si trattava di una copertura costituita da una sottile rete metallica, che assomigliava a un enorme ombrello rettangolare, montata su dei supporti di alluminio che andavano applicati alla macchina mediante ventose e tiranti, e che secondo il fornitore poteva resistere a raffiche di vento superiori ai 100 chilometri all'ora. De Angelis su questo punto era rimasto molto scettico, peraltro anche sui tempi di montaggio, che il fornitore sosteneva essere di poco superiori ai 5 minuti. L'oggetto assomigliava a quelle tende militari per il mascheramento, comunque poteva essere utilizzato soltanto con la macchina ferma: e allora a che serviva? E poi mica poteva restare sempre montato, a scopo di prevenzione. Tutte le volte che avesse dovuto usare la macchina l'avrebbe dovuto rimuovere. Viceversa se fosse incappato in una grandinata per strada si sarebbe dovuto fermare e cominciare a istallare la copertura antigrandine, per giunta sotto la fitta pioggia di chicchi grossi come noci. No, alla copertura antigrandine ci avrebbe rinunciato. Ma che ora fosse il caso di procurarsi uno di quei teli fatti a casetta, supportati da un telaio in ferro a parallelepipedo o a volta, ripiegabili? Ci avrebbe pensato, ci avrebbe pensato bene, non aveva intenzione di lesinare sui livelli di protezione da adottare per la BMW.

Mentre era lì tutto infervorato nei pensieri di cura per la sua nuova macchina la mente corse inconsciamente alla sua Opel Vectra 1600, che da qualche giorno era posteggiata per strada al freddo. De Angelis provò il rimorso del fedifrago. E ora della Opel che ne faccio? Che le racconto?

Nel pomeriggio prese la BMW per farsi un giro nei dintorni, ma evitò di passare davanti alla vecchia Opel. Almeno un po' di tatto si richiedeva.

Angela bussò alla porta di Consonni. In mano aveva il suo lavoro degli ultimi giorni. Consonni ancora non sapeva di questa sua decisione, ma raccontare a voce non era possibile. Tuttavia lui doveva sapere, e quindi Angela si era impegnata parecchio, per questo nelle ultime ore non si era fatta più vedere. Si era messa a scrivere il romanzo della sua vita. Ed era stato meglio così, perché certi particolari era più facile scriverli che raccontarli a voce, vis-à-vis, potevano essere imbarazzanti sia per chi li raccontava sia per chi li ascoltava. Che stupida che era stata. Se il racconto della sua storia non era andato avanti era perché Consonni mostrava delle resistenze. Ma come biasimarlo? E se lei in certi casi aveva un po' perso il controllo dei suoi nervi, non era forse perché quelle vicende chiedevano troppo da lei?

Ma era ovvio!

Angela si stringeva al petto i suoi scritti. Erano una trentina di fogli A4 stampati in corpo 14. Era solo il primo capitolo, ma non aveva resistito, voleva che Amedeo leggesse subito qualcosa, ancora prima che lei avesse finito di scrivere. Sono cose che gli scrittori professionisti non farebbero mai, ma lei aveva urgenza di consegnare il manoscritto parziale a Consonni, solo a lui. Erano segreti fra loro due, ci poteva essere una prova d'amore più grande?

Bussò alla porta. Bussò di nuovo, eppure nessuno rispondeva. Possibile?

Decise di entrare lo stesso. In casa, Consonni non era solo, c'era una signora, una signora alta, snella e ben vestita. Chi era?

Quella stava dicendo: «Signor Consonni, sono nelle sue mani, solo lei mi può aiutare, me lo promette?».

«Signora, stia tranquilla, vuole favorire un po' di questo whisky, sa, io non me ne intendo, ma dicono che sia molto particolare, vorrei che tornasse in sé, e poi io... di queste cose... non è più il mio lavoro, anzi... per la verità... ma la prego...».

La signora soprassedette sul whisky ma si accese una sigaretta.

«La sua casa è incredibilmente ben arredata...» e cose del genere.

Angela, che era dietro lo stipite, pensava, ma guarda che cretina è questa... e guarda quest'imbecille che fa il cascamorto!

La signora fece un gesto plateale: «Ecco qua un assegno, mi dica lei la cifra...».

«Ma come, quale cifra... ma lasci stare... per favore, signora Kakoiannis-Sforza».

«No, no, no... non si fanno queste cose per cortesia...». La signora mise una cifra a suo piacimento sull'assegno e lo intestò ad Amedeo Consonni.

«Sono cinquemila» disse lei, «per le spese. Poi a consuntivo mi farà sapere. Ma lei mi deve, mi deve salvare... Lo fara?». La signora interpose una pausa un po' teatrale ma efficace. «È vero che lo farà?».

L'elegante signora della estrema borghesia milanese alla fine si tolse di torno. Angela nonostante non gradisse il turpiloquio almeno questa volta avrebbe usato un altro termine al posto di «di torno». La sciura le passò vicino e la degnò di uno sguardo perfezionato per inquadrare la servitù. Se ne uscì stacchettando sul parquet. Consonni la accompagnò galantemente alla porta e si accomiatò: «Arrivederci signora Kakoiannis-Sforza, vedrò se posso fare qualcosa per lei».

La signorina Mattei-Ferri sussultò. Quante volte aveva letto quel nome sulla stampa specializzata? Si trattava proprio di quei Kakoiannis-Sforza? Si sarebbe voluta alzare dalla sedia a rotelle per affacciarsi alla finestra e vederla, anche solo per un istante. La signora Kakoiannis-Sforza? Nientedimeno... e lei non poteva nemmeno affacciarsi, nel suo stato di immobilità forzata.

Consonni riprese posizione al suo tavolo e cominciò a grattarsi la testa. Era rimasto favorevolmente impressionato dallo charme della signora Kakoiannis-Sforza.

Angela, appena un po' indispettita, gli lasciò sul tavolo la prima parte del suo manoscritto.

«Ecco qua, Marlowe dei miei... stivali, leggiti questa roba, se non è troppo disturbo». E se ne andò altera.

Consonni era a dir poco confuso: aveva in una mano un assegno da 5.000 euro, nell'altra una bottiglia di whisky, sotto braccio un manoscritto che cominciava con «*Che cosa può capire un gatto, un bel gatto rosso, dei tuoi problemi?*» e in testa un sacco di pensieri su tre scout sepolti vivi da ignoti. Decise di cominciare dal problema la cui soluzione sembrava più semplice: la bottiglia di quel whisky, che a lui non piaceva, era meglio che tornasse al suo legittimo proprietario, lui avrebbe saputo cosa farne.

Indice

Gli scheletri nell'armadio

Mercoledì 17 dicembre 11
Giovedì 18 dicembre 21
Venerdì 19 dicembre 77
Sabato 20 dicembre 120
Domenica 21 dicembre 171
Lunedì 22 dicembre 199

Questo volume è stato stampato
su carta Palatina
delle Cartiere di Fabriano
nel mese di aprile 2017

Stampa: Officine Grafiche soc. coop., Palermo

Legatura: LE.I.MA. s.r.l., Palermo

La memoria

Ultimi volumi pubblicati

501 Alessandra Lavagnino. Una granita di caffè con panna
502 Prosper Mérimée. Lettere a una sconosciuta
503 Le storie di Giufà
504 Giuliana Saladino. Terra di rapina
505 Guido Gozzano. La signorina Felicita e le poesie dei «Colloqui»
506 Ackworth, Forsyth, Harrington, Holding, Melyan, Moyes, Rendell, Stoker, Vickers, Wells, Woolf, Zuroy. Il gatto di miss Paisley. Dodici racconti gialli con animali
507 Andrea Camilleri. L'odore della notte
508 Dashiell Hammett. Un matrimonio d'amore
509 Augusto De Angelis. Il mistero delle tre orchidee
510 Wilkie Collins. La follia dei Monkton
511 Pablo De Santis. La traduzione
512 Alicia Giménez-Bartlett. Messaggeri dell'oscurità
513 Elisabeth Sanxay Holding. Una barriera di vuoto
514 Gian Mauro Costa. Yesterday
515 Renzo Segre. Venti mesi
516 Alberto Vigevani. Estate al lago
517 Luisa Adorno, Daniele Pecorini-Manzoni. Foglia d'acero
518 Gian Carlo Fusco. Guerra d'Albania
519 Alejo Carpentier. Il secolo dei lumi
520 Andrea Camilleri. Il re di Girgenti
521 Tullio Kezich. Il campeggio di Duttogliano
522 Lorenzo Magalotti. Saggi di naturali esperienze
523 Angeli, Bazzero, Contessa Lara, De Amicis, De Marchi, Deledda, Di Giacomo, Fleres, Fogazzaro, Ghislanzoni, Marchesa Colombi, Molineri, Pascoli, Pirandello, Tarchetti. Notti di dicembre. Racconti di Natale dell'Ottocento
524 Lionello Massobrio. Dimenticati

525 Vittorio Gassman. Intervista sul teatro
526 Gabriella Badalamenti. Come l'oleandro
527 La seduzione nel Celeste Impero
528 Alicia Giménez-Bartlett. Morti di carta
529 Margaret Doody. Gli alchimisti
530 Daria Galateria. Entre nous
531 Alessandra Lavagnino. Le bibliotecarie di Alessandria
532 Jorge Ibargüengoitia. I lampi di agosto
533 Carola Prosperi. Eva contro Eva
534 Viktor Šklovskij. Zoo o lettere non d'amore
535 Sergej Dovlatov. Regime speciale
536 Chiusole, Eco, Hugo, Nerval, Musil, Ortega y Gasset. Libri e biblioteche
537 Rodolfo Walsh. Operazione massacro
538 Turi Vasile. La valigia di fibra
539 Augusto De Angelis. L'Albergo delle Tre Rose
540 Franco Enna. L'occhio lungo
541 Alicia Giménez-Bartlett. Riti di morte
542 Anton Čechov. Il fiammifero svedese
543 Penelope Fitzgerald. Il Fanciullo d'oro
544 Giorgio Scerbanenco. Uccidere per amore
545 Margaret Doody. Aristotele e il mistero della vita
546 Gianrico Carofiglio. Testimone inconsapevole
547 Gilbert Keith Chesterton. Come si scrive un giallo
548 Giulia Alberico. Il gioco della sorte
549 Angelo Morino. In viaggio con Junior
550 Dorothy Wordsworth. I diari di Grasmere
551 Giles Lytton Strachey. Ritratti in miniatura
552 Luciano Canfora. Il copista come autore
553 Giuseppe Prezzolini. Storia tascabile della letteratura italiana
554 Gian Carlo Fusco. L'Italia al dente
555 Marcella Cioni. La porta tra i delfini
556 Marisa Fenoglio. Mai senza una donna
557 Ernesto Ferrero. Elisa
558 Santo Piazzese. Il soffio della valanga
559 Penelope Fitzgerald. Voci umane
560 Mary Cholmondeley. Il gradino più basso
561 Anthony Trollope. L'amministratore
562 Alberto Savinio. Dieci processi
563 Guido Nobili. Memorie lontane
564 Giuseppe Bonaviri. Il vicolo blu
565 Paolo D'Alessandro. Colloqui
566 Alessandra Lavagnino. I Daneu. Una famiglia di antiquari

567 Leonardo Sciascia scrittore editore ovvero La felicità di far libri
568 Alexandre Dumas. Ascanio
569 Mario Soldati. America primo amore
570 Andrea Camilleri. Il giro di boa
571 Anatole Le Braz. La leggenda della morte
572 Penelope Fitzgerald. La casa sull'acqua
573 Sergio Atzeni. Gli anni della grande peste
574 Roberto Bolaño. Notturno cileno
575 Alicia Giménez-Bartlett. Serpenti nel Paradiso
576 Alessandro Perissinotto. Treno 8017
577 Augusto De Angelis. Il mistero di Cinecittà
578 Françoise Sagan. La guardia del cuore
579 Gian Carlo Fusco. Gli indesiderabili
580 Pierre Boileau, Thomas Narcejac. La donna che visse due volte
581 John Mortimer. Avventure di un avvocato
582 François Fejtö. Viaggio sentimentale
583 Pietro Verri. A mia figlia
584 Toni Maraini. Ricordi d'arte e prigionia di Topazia Alliata
585 Andrea Camilleri. La presa di Macallè
586 Guillaume Prévost. I sette delitti di Roma
587 Margaret Doody. Aristotele e l'anello di bronzo
588 Guido Gozzano. Fiabe e novelline
589 Gaetano Savatteri. La ferita di Vishinskij
590 Gianrico Carofiglio. Ad occhi chiusi
591 Ana María Matute. Piccolo teatro
592 Mario Soldati. I racconti del Maresciallo
593 Benedetto Croce. Luisa Sanfelice e la congiura dei Baccher
594 Roberto Bolaño. Puttane assassine
595 Giorgio Scerbanenco. La mia ragazza di Magdalena
596 Elio Petri. Roma ore 11
597 Raymond Radiguet. Il ballo del conte d'Orgel
598 Penelope Fitzgerald. Da Freddie
599 Poesia dell'Islam
600
601 Augusto De Angelis. La barchetta di cristallo
602 Manuel Puig. Scende la notte tropicale
603 Gian Carlo Fusco. La lunga marcia
604 Ugo Cornia. Roma
605 Lisa Foa. È andata così
606 Vittorio Nisticò. L'Ora dei ricordi
607 Pablo De Santis. Il calligrafo di Voltaire
608 Anthony Trollope. Le torri di Barchester

609 Mario Soldati. La verità sul caso Motta
610 Jorge Ibargüengoitia. Le morte
611 Alicia Giménez-Bartlett. Un bastimento carico di riso
612 Luciano Folgore. La trappola colorata
613 Giorgio Scerbanenco. Rossa
614 Luciano Anselmi. Il palazzaccio
615 Guillaume Prévost. L'assassino e il profeta
616 John Ball. La calda notte dell'ispettore Tibbs
617 Michele Perriera. Finirà questa malìa?
618 Alexandre Dumas. I Cenci
619 Alexandre Dumas. I Borgia
620 Mario Specchio. Morte di un medico
621 Giorgio Frasca Polara. Cose di Sicilia e di siciliani
622 Sergej Dovlatov. Il Parco di Puškin
623 Andrea Camilleri. La pazienza del ragno
624 Pietro Pancrazi. Della tolleranza
625 Edith de la Héronnière. La ballata dei pellegrini
626 Roberto Bassi. Scaramucce sul lago Ladoga
627 Alexandre Dumas. Il grande dizionario di cucina
628 Eduardo Rebulla. Stati di sospensione
629 Roberto Bolaño. La pista di ghiaccio
630 Domenico Seminerio. Senza re né regno
631 Penelope Fitzgerald. Innocenza
632 Margaret Doody. Aristotele e i veleni di Atene
633 Salvo Licata. Il mondo è degli sconosciuti
634 Mario Soldati. Fuga in Italia
635 Alessandra Lavagnino. Via dei Serpenti
636 Roberto Bolaño. Un romanzetto canaglia
637 Emanuele Levi. Il giornale di Emanuele
638 Maj Sjöwall, Per Wahlöö. Roseanna
639 Anthony Trollope. Il Dottor Thorne
640 Studs Terkel. I giganti del jazz
641 Manuel Puig. Il tradimento di Rita Hayworth
642 Andrea Camilleri. Privo di titolo
643 Anonimo. Romanzo di Alessandro
644 Gian Carlo Fusco. A Roma con Bubù
645 Mario Soldati. La giacca verde
646 Luciano Canfora. La sentenza
647 Annie Vivanti. Racconti americani
648 Piero Calamandrei. Ada con gli occhi stellanti. Lettere 1908-1915
649 Budd Schulberg. Perché corre Sammy?
650 Alberto Vigevani. Lettera al signor Alzheryan

651 Isabelle de Charrière. Lettere da Losanna
652 Alexandre Dumas. La marchesa di Ganges
653 Alexandre Dumas. Murat
654 Constantin Photiadès. Le vite del conte di Cagliostro
655 Augusto De Angelis. Il candeliere a sette fiamme
656 Andrea Camilleri. La luna di carta
657 Alicia Giménez-Bartlett. Il caso del lituano
658 Jorge Ibargüengoitia. Ammazzate il leone
659 Thomas Hardy. Una romantica avventura
660 Paul Scarron. Romanzo buffo
661 Mario Soldati. La finestra
662 Roberto Bolaño. Monsieur Pain
663 Louis-Alexandre Andrault de Langeron. La battaglia di Austerlitz
664 William Riley Burnett. Giungla d'asfalto
665 Maj Sjöwall, Per Wahlöö. Un assassino di troppo
666 Guillaume Prévost. Jules Verne e il mistero della camera oscura
667 Honoré de Balzac. Massime e pensieri di Napoleone
668 Jules Michelet, Athénaïs Mialaret. Lettere d'amore
669 Gian Carlo Fusco. Mussolini e le donne
670 Pier Luigi Celli. Un anno nella vita
671 Margaret Doody. Aristotele e i Misteri di Eleusi
672 Mario Soldati. Il padre degli orfani
673 Alessandra Lavagnino. Un inverno. 1943-1944
674 Anthony Trollope. La Canonica di Framley
675 Domenico Seminerio. Il cammello e la corda
676 Annie Vivanti. Marion artista di caffè-concerto
677 Giuseppe Bonaviri. L'incredibile storia di un cranio
678 Andrea Camilleri. La vampa d'agosto
679 Mario Soldati. Cinematografo
680 Pierre Boileau, Thomas Narcejac. I vedovi
681 Honoré de Balzac. Il parroco di Tours
682 Béatrix Saule. La giornata di Luigi XIV. 16 novembre 1700
683 Roberto Bolaño. Il gaucho insostenibile
684 Giorgio Scerbanenco. Uomini ragno
685 William Riley Burnett. Piccolo Cesare
686 Maj Sjöwall, Per Wahlöö. L'uomo al balcone
687 Davide Camarrone. Lorenza e il commissario
688 Sergej Dovlatov. La marcia dei solitari
689 Mario Soldati. Un viaggio a Lourdes
690 Gianrico Carofiglio. Ragionevoli dubbi
691 Tullio Kezich. Una notte terribile e confusa
692 Alexandre Dumas. Maria Stuarda

693 Clemente Manenti. Ungheria 1956. Il cardinale e il suo custode
694 Andrea Camilleri. Le ali della sfinge
695 Gaetano Savatteri. Gli uomini che non si voltano
696 Giuseppe Bonaviri. Il sarto della stradalunga
697 Constant Wairy. Il valletto di Napoleone
698 Gian Carlo Fusco. Papa Giovanni
699 Luigi Capuana. Il Raccontafiabe
700
701 Angelo Morino. Rosso taranta
702 Michele Perriera. La casa
703 Ugo Cornia. Le pratiche del disgusto
704 Luigi Filippo d'Amico. L'uomo delle contraddizioni. Pirandello visto da vicino
705 Giuseppe Scaraffia. Dizionario del dandy
706 Enrico Micheli. Italo
707 Andrea Camilleri. Le pecore e il pastore
708 Maria Attanasio. Il falsario di Caltagirone
709 Roberto Bolaño. Anversa
710 John Mortimer. Nuovi casi per l'avvocato Rumpole
711 Alicia Giménez-Bartlett. Nido vuoto
712 Toni Maraini. La lettera da Benares
713 Maj Sjöwall, Per Wahlöö. Il poliziotto che ride
714 Budd Schulberg. I disincantati
715 Alda Bruno. Germani in bellavista
716 Marco Malvaldi. La briscola in cinque
717 Andrea Camilleri. La pista di sabbia
718 Stefano Vilardo. Tutti dicono Germania Germania
719 Marcello Venturi. L'ultimo veliero
720 Augusto De Angelis. L'impronta del gatto
721 Giorgio Scerbanenco. Annalisa e il passaggio a livello
722 Anthony Trollope. La Casetta ad Allington
723 Marco Santagata. Il salto degli Orlandi
724 Ruggero Cappuccio. La notte dei due silenzi
725 Sergej Dovlatov. Il libro invisibile
726 Giorgio Bassani. I Promessi Sposi. Un esperimento
727 Andrea Camilleri. Maruzza Musumeci
728 Furio Bordon. Il canto dell'orco
729 Francesco Laudadio. Scrivano Ingannamorte
730 Louise de Vilmorin. Coco Chanel
731 Alberto Vigevani. All'ombra di mio padre
732 Alexandre Dumas. Il cavaliere di Sainte-Hermine
733 Adriano Sofri. Chi è il mio prossimo

734 Gianrico Carofiglio. L'arte del dubbio
735 Jacques Boulenger. Il romanzo di Merlino
736 Annie Vivanti. I divoratori
737 Mario Soldati. L'amico gesuita
738 Umberto Domina. La moglie che ha sbagliato cugino
739 Maj Sjöwall, Per Wahlöö. L'autopompa fantasma
740 Alexandre Dumas. Il tulipano nero
741 Giorgio Scerbanenco. Sei giorni di preavviso
742 Domenico Seminerio. Il manoscritto di Shakespeare
743 André Gorz. Lettera a D. Storia di un amore
744 Andrea Camilleri. Il campo del vasaio
745 Adriano Sofri. Contro Giuliano. Noi uomini, le donne e l'aborto
746 Luisa Adorno. Tutti qui con me
747 Carlo Flamigni. Un tranquillo paese di Romagna
748 Teresa Solana. Delitto imperfetto
749 Penelope Fitzgerald. Strategie di fuga
750 Andrea Camilleri. Il casellante
751 Mario Soldati. ah! il Mundial!
752 Giuseppe Bonarivi. La divina foresta
753 Maria Savi-Lopez. Leggende del mare
754 Francisco García Pavón. Il regno di Witiza
755 Augusto De Angelis. Giobbe Tuama & C.
756 Eduardo Rebulla. La misura delle cose
757 Maj Sjöwall, Per Wahlöö. Omicidio al Savoy
758 Gaetano Savatteri. Uno per tutti
759 Eugenio Baroncelli. Libro di candele
760 Bill James. Protezione
761 Marco Malvaldi. Il gioco delle tre carte
762 Giorgio Scerbanenco. La bambola cieca
763 Danilo Dolci. Racconti siciliani
764 Andrea Camilleri. L'età del dubbio
765 Carmelo Samonà. Fratelli
766 Jacques Boulenger. Lancillotto del Lago
767 Hans Fallada. E adesso, pover'uomo?
768 Alda Bruno. Tacchino farcito
769 Gian Carlo Fusco. La Legione straniera
770 Piero Calamandrei. Per la scuola
771 Michèle Lesbre. Il canapé rosso
772 Adriano Sofri. La notte che Pinelli
773 Sergej Dovlatov. Il giornale invisibile
774 Tullio Kezich. Noi che abbiamo fatto La dolce vita
775 Mario Soldati. Corrispondenti di guerra

776 Maj Sjöwall, Per Wahlöö. L'uomo che andò in fumo
777 Andrea Camilleri. Il sonaglio
778 Michele Perriera. I nostri tempi
779 Alberto Vigevani. Il battello per Kew
780 Alicia Giménez-Bartlett. Il silenzio dei chiostri
781 Angelo Morino. Quando internet non c'era
782 Augusto De Angelis. Il banchiere assassinato
783 Michel Maffesoli. Icone d'oggi
784 Mehmet Murat Somer. Scandaloso omicidio a Istanbul
785 Francesco Recami. Il ragazzo che leggeva Maigret
786 Bill James. Confessione
787 Roberto Bolaño. I detective selvaggi
788 Giorgio Scerbanenco. Nessuno è colpevole
789 Andrea Camilleri. La danza del gabbiano
790 Giuseppe Bonaviri. Notti sull'altura
791 Giuseppe Tornatore. Baarìa
792 Alicia Giménez-Bartlett. Una stanza tutta per gli altri
793 Furio Bordon. A gentile richiesta
794 Davide Camarrone. Questo è un uomo
795 Andrea Camilleri. La rizzagliata
796 Jacques Bonnet. I fantasmi delle biblioteche
797 Marek Edelman. C'era l'amore nel ghetto
798 Danilo Dolci. Banditi a Partinico
799 Vicki Baum. Grand Hotel
800
801 Anthony Trollope. Le ultime cronache del Barset
802 Arnoldo Foà. Autobiografia di un artista burbero
803 Herta Müller. Lo sguardo estraneo
804 Gianrico Carofiglio. Le perfezioni provvisorie
805 Gian Mauro Costa. Il libro di legno
806 Carlo Flamigni. Circostanze casuali
807 Maj Sjöwall, Per Wahlöö. L'uomo sul tetto
808 Herta Müller. Cristina e il suo doppio
809 Martin Suter. L'ultimo dei Weynfeldt
810 Andrea Camilleri. Il nipote del Negus
811 Teresa Solana. Scorciatoia per il paradiso
812 Francesco M. Cataluccio. Vado a vedere se di là è meglio
813 Allen S. Weiss. Baudelaire cerca gloria
814 Thornton Wilder. Idi di marzo
815 Esmahan Aykol. Hotel Bosforo
816 Davide Enia. Italia-Brasile 3 a 2
817 Giorgio Scerbanenco. L'antro dei filosofi

818 Pietro Grossi. Martini
819 Budd Schulberg. Fronte del porto
820 Andrea Camilleri. La caccia al tesoro
821 Marco Malvaldi. Il re dei giochi
822 Francisco García Pavón. Le sorelle scarlatte
823 Colin Dexter. L'ultima corsa per Woodstock
824 Augusto De Angelis. Sei donne e un libro
825 Giuseppe Bonaviri. L'enorme tempo
826 Bill James. Club
827 Alicia Giménez-Bartlett. Vita sentimentale di un camionista
828 Maj Sjöwall, Per Wahlöö. La camera chiusa
829 Andrea Molesini. Non tutti i bastardi sono di Vienna
830 Michèle Lesbre. Nina per caso
831 Herta Müller. In trappola
832 Hans Fallada. Ognuno muore solo
833 Andrea Camilleri. Il sorriso di Angelica
834 Eugenio Baroncelli. Mosche d'inverno
835 Margaret Doody. Aristotele e i delitti d'Egitto
836 Sergej Dovlatov. La filiale
837 Anthony Trollope. La vita oggi
838 Martin Suter. Com'è piccolo il mondo!
839 Marco Malvaldi. Odore di chiuso
840 Giorgio Scerbanenco. Il cane che parla
841 Festa per Elsa
842 Paul Léautaud. Amori
843 Claudio Coletta. Viale del Policlinico
844 Luigi Pirandello. Racconti per una sera a teatro
845 Andrea Camilleri. Gran Circo Taddei e altre storie di Vigàta
846 Paolo Di Stefano. La catastròfa. Marcinelle 8 agosto 1956
847 Carlo Flamigni. Senso comune
848 Antonio Tabucchi. Racconti con figure
849 Esmahan Aykol. Appartamento a Istanbul
850 Francesco M. Cataluccio. Chernobyl
851 Colin Dexter. Al momento della scomparsa la ragazza indossava
852 Simonetta Agnello Hornby. Un filo d'olio
853 Lawrence Block. L'Ottavo Passo
854 Carlos María Domínguez. La casa di carta
855 Luciano Canfora. La meravigliosa storia del falso Artemidoro
856 Ben Pastor. Il Signore delle cento ossa
857 Francesco Recami. La casa di ringhiera
858 Andrea Camilleri. Il gioco degli specchi
859 Giorgio Scerbanenco. Lo scandalo dell'osservatorio astronomico

860 Carla Melazzini. Insegnare al principe di Danimarca
861 Bill James. Rose, rose
862 Roberto Bolaño, A. G. Porta. Consigli di un discepolo di Jim Morrison a un fanatico di Joyce
863 Stefano Benni. La traccia dell'angelo
864 Martin Suter. Allmen e le libellule
865 Giorgio Scerbanenco. Nebbia sul Naviglio e altri racconti gialli e neri
866 Danilo Dolci. Processo all'articolo 4
867 Maj Sjöwall, Per Wahlöö. Terroristi
868 Ricardo Romero. La sindrome di Rasputin
869 Alicia Giménez-Bartlett. Giorni d'amore e inganno
870 Andrea Camilleri. La setta degli angeli
871 Guglielmo Petroni. Il nome delle parole
872 Giorgio Fontana. Per legge superiore
873 Anthony Trollope. Lady Anna
874 Gian Mauro Costa, Carlo Flamigni, Alicia Giménez-Bartlett, Marco Malvaldi, Ben Pastor, Santo Piazzese, Francesco Recami. Un Natale in giallo
875 Marco Malvaldi. La carta più alta
876 Franz Zeise. L'Armada
877 Colin Dexter. Il mondo silenzioso di Nicholas Quinn
878 Salvatore Silvano Nigro. Il Principe fulvo
879 Ben Pastor. Lumen
880 Dante Troisi. Diario di un giudice
881 Ginevra Bompiani. La stazione termale
882 Andrea Camilleri. La Regina di Pomerania e altre storie di Vigàta
883 Tom Stoppard. La sponda dell'utopia
884 Bill James. Il detective è morto
885 Margaret Doody. Aristotele e la favola dei due corvi bianchi
886 Hans Fallada. Nel mio paese straniero
887 Esmahan Aykol. Divorzio alla turca
888 Angelo Morino. Il film della sua vita
889 Eugenio Baroncelli. Falene. 237 vite quasi perfette